Maria Hellmann

DER KUSS

Danke, liebe Anke

Maria Hellmann

DER KUSS

Roman

Bibliografische Information der Deutschen Nationalbibliothek:
Die Deutsche Nationalbibliothek verzeichnet diese
Publikation in der Deutschen Nationalbibliografie;
detaillierte bibliografische Daten sind im Internet
über http://dnb.dnb.de abrufbar.

Lektorat: Martin Gülich   https://treideln.com/
Korrektorat: Wilfried Schönberger
Covergestaltung: Karin Osten

Herstellung und Verlag: BoD – Books on Demand, Nor-
derstedt

ISBN: 978-3-7583-7198-1

Inhaltsverzeichnis

PROLOG

Rom, Juni 1985

»Da kommt er!« Meine Großmutter schrie, ohne dabei laut zu sein, dann hob sie mich hoch. Ich glaube, das war das einzige Mal in meinem Leben, dass sie mich auf den Arm genommen hat.

Nach der langen Warterei hinter der metallenen Absperrung, an der mir das Rumturnen verboten wurde, war ich froh, dass endlich etwas passierte. Und ich würde das Eis bekommen, das mir versprochen worden war.

Mit ausgestreckten Armen hielt mich meine Großmutter über das Gatter hinweg. *Kraft durch Glauben.*

»Magdalena!« Völlig außer Atem stellte sie mich wieder auf die Erde und strich mir die hellblonden Locken aus der Stirn, die an der Stelle vom Schweiß festklebten, auf die mir der Papst gerade einen Kuss gedrückt hatte.

Sie bekreuzigte sie sich in einem fort, als wollte sie nie mehr damit aufhören, fuhr dann aber doch mit ihren Händen über meinen Kopf, ohne ihn dabei zu berühren und sagte zu meiner Mutter: »Anna, ich glaube, der liebe Gott hat gewollt, wie alles gekommen ist.«

UNVERTRAUTE NÄHE

Ich fand das Handy schließlich in der Küche, in der es noch nach Rosenkohl roch. Den hatte ich gestern Abend gekocht. Unser beider Lieblingsgemüse. Gegessen hatten wir ihn nicht.

Die Hoffnung, dass es Leo war, zerschlug sich, als ich die Stimme meiner Mutter hörte:

»Oma ist tot.«

Sie sagte *Oma* und nicht wie üblich *Großmutter*, doch ohne eine Spur von Trauer im Tonfall, und als ich ihr sagte, dass Leo weg ist, weinte ich.

Ich weinte nicht um Leo, auch nicht um Großmutter, ich weinte über die Unfähigkeit, mein Leben in den Griff zu bekommen. Vor Leo hatte es einige andere Männer gegeben, aber bei ihm hatte ich gedacht, dass es klappen könnte.

»Wann?«, fragte ich und wischte mir die Tränen mit der Papierserviette weg, die gefaltet neben Leos Teller lag.

»Gestern.«

»Ich komme morgen.«

*

Ich hatte nur eine kleine Reisetasche gepackt, so wie jedes Mal, wenn ich nach Hüttach fuhr. Der knappe Inhalt sorgte für einen kurzen Aufenthalt. Mehr als drei Tage hielt ich nicht aus.

Im Gegenzug hatte mich meine Mutter in den achtzehn Jahren, die ich in Berlin lebe, nur einmal besucht. Es sei ihr alles zu laut und zu groß. Ich glaube, sie ertrug es nicht, mich in dieser Freiheit erleben zu müssen, die sie sich nie genommen hatte.

Ich freute mich auf die Zugfahrt. Die monotonen Geräusche, derer ich mir erst bewusst werde, wenn sie nicht mehr da sind, das Gefühl, dass sich jemand um mich kümmert, sobald ich meinen Platz eingenommen habe, und wenn es nur darum geht, irgendwo anzukommen. Einmal bin ich von Berlin nach Bari mit dem Zug gefahren. Es gab nichts, was mich in Bari oder drumherum interessiert hätte, es waren die dreiundzwanzig Stunden Zugfahrt mit ihren kurzen Unterbrechungen, die die Reise lohnenswert gemacht hatten.

Bis nach Braunschweig waren es nur eineinhalb Stunden, und gerade deshalb entschied ich mich für die Erste Klasse und reservierte einen Fensterplatz in Fahrtrichtung. Im Abteil war es warm. *Überheizt,* meinte der ältere Herr, der sich mir gegenüber umständlich einrichtete.

Als hätten sie nur darauf gewartet, trieben Regentropfen schräg über die Scheibe, als der Zug aus dem

Bahnhof ins Tageslicht fuhr. Es schüttete aus einem Himmel, der seit Tagen wie eine unverrückbare Betonplatte über der Stadt lag, die das üppige Grün des Sommers zu einem großen Teil schon abgelegt hatte, um sich schon bald von ihrer hässlichen Winterseite zu zeigen.

Im traurigen November war's kam mir in den Sinn und ich dachte, dass dieser Monat nicht nur für melancholische Lyrik taugte, sondern auch die passende Kulisse für ein Begräbnis lieferte.

Die gesamte Kirchengemeinde würde anrücken und der ausgefranste Chor, dem immer irgendeine Stimmgruppe fehlte, würde sich an *Großer Gott, wir loben dich* abarbeiten.

Verwandte?

Meine Mutter und ich.

Ob meine Mutter in Hüttach bleiben würde?

Ich versuchte, die Melodie von *Großer Gott, wir loben dich* hinzubekommen. Tonlos. In mir drinnen. Als Kind konnte ich alle elf Strophen auswendig.

Großer Gott, wir loben dich, Herr wir preisen deine Stärke. Vor dir neigt die Erde sich und bewundert deine Werke.

Nachdem der Papst mich geküsst hatte, war Großmutter felsenfest davon überzeugt, dass der liebe Gott Großes mit mir vorhat. Von dieser Überzeugung rückte sie genauso wenig ab, wie von ihrer krankhaften Religiosität, die sich wie eine Geschwulst in sie hineingefressen hatte.

Ich war damals fünf Jahre alt. An den Kuss selbst konnte ich mich nicht erinnern, aber ich wusste darum. Noch Jahre danach hatte meine Großmutter immer wieder notorisch mit dem Finger auf die gesegnete Stelle getippt. Was ich hingegen nicht vergessen hatte, war das Eis nach den Stunden des Wartens in der glühenden Sonne. Vor allem, wie ich untröstlich geweint hatte, als ich mich kurz darauf auf der Spanischen Treppe übergeben musste. Erdbeer und Schokolade.

Ich schloss die Augen und konzentrierte mich auf die minimalen Erschütterungen, die mich entschweben ließen. Ein schwereloser Zustand, ohne denken zu müssen. Ich spürte nur das dünne Lächeln in mir drinnen, das sich nach außen nicht zeigen wollte.

Der Absturz kam mit Leo. Mit geballten Händen in den Taschen sah ich ihn im Türrahmen der Küche stehen. Groß, breitschultrig – unverwüstlich.

»Deine Kälte, die halte ich nicht mehr aus!«

Der spürbare Luftzug kam durch die geöffnete Schiebetür des Abteils: »Die Fahrkarten bitte!«

Leo hatte ich eine WhatsApp-Nachricht hinterlassen, dass ich nach Hüttach zur Beerdigung fahre. Die beiden Häkchen waren blau. Vielleicht nutzte er meine Abwesenheit, um spurlos aus meinem Leben zu verschwinden.

Der Zug fuhr in Braunschweig ein.

In der Regionalbahn nach Goslar überlegte ich, was ich meiner Mutter als Erstes sagen würde, wenn wir uns gegenüberstanden, aber als ich später im Bus nach Hüttach saß, wusste ich es immer noch nicht.

Ich schaute aus dem Fenster. Der Regen schien nicht aufhören zu wollen. Ich betrachtete mein Spiegelbild in der Scheibe und zog die Mundwinkel nach oben. Wann regnete es hier nicht? Sechste Klasse, Erdkundeunterricht bei Herrn Poldinger: Hat mit den Staueffekten zu tun. Die feuchten Westwinde regnen sich an der Westflanke des Gebirges ab. Das hatte ich mir gemerkt, weil ich den Poldinger mochte. Ich stellte mir immer vor, er wäre mein Vater. Ich hatte mir ständig Männer ausgesucht, die ich gerne als Vater gehabt hätte. Mein Vater war gesichtslos. Nicht einmal meine Mutter kannte ihn.

Meine Mutter wartete an der Haltestelle. Ich wollte nicht nass werden, eilte auf sie zu und schon im nächsten Augenblick standen wir in unvertrauter Nähe unter ihrem aufgespannten Regenschirm.

»Scheiß Wetter!«, sagte ich und schaute dem Bus hinterher.

»Soll auch morgen noch ordentlich regnen.«

Dann machten wir uns auf den Weg.

*

13

Trotz der strengen Mittelscheitelfrisur, die im Nacken von einem Knoten kontrolliert wurde, strahlte meine Großmutter etwas Freundliches aus, was auch an ihren ungewohnt volleren Lippen liegen mochte. »Beiß die Zähne zusammen, ich tue mein ganzes Leben nichts anderes!« Ihr Leben war nun vorbei. Sie musste die Zähne nicht mehr zusammenbeißen, die ihre Lippen zu einem Strich hatten verkommen lassen. Sie hatte es geschafft. Ich betrachtete ihren Tod als Erlösung, hatte sie mir doch stets von der Bürde erzählt, die ihr der liebe Gott auferlegt hatte. *Leben bedeutet Leiden.* Meine Mutter und ich durften da keine Ausnahme machen.

Am offenen Sarg konnten wir uns verabschieden, bevor sich die kleine, ungeheizte Kirche hinlänglich füllen würde. Meine Mutter zupfte an Großmutters schwarzem Kleid, als müsste sie einen Fussel entfernen. Ich legte kurz meine Hand auf ihre Stirn, nur um zu spüren, wie sich ein kalter menschlicher Körper anfühlte.

Dann nickte ich dem Gemeindearbeiter zu, der teilnahmslos am Eingang stand. Augenblicke später war der Sarg geschlossen.

Großer Gott, wir loben dich.

Der Chor löste sich nach der Andacht auf und letztendlich standen wir zu sechst im Regen an der Grube. Ich fühlte mich schlecht, weil ich nicht traurig war. Jetzt an Leo zu denken, nur um traurig zu werden, empfand ich als Verrat. Ich schaute zur Seite, traf den Blick meiner Mutter und verzog den Mund zu einem schwachen Lächeln. Diesmal standen wir jeweils unter einem eigenen Schirm. Sie lächelte zurück, ein Alles-wird-gut-Lächeln, und kurz meinte ich, daran glauben zu dürfen. Dann wurde der Sarg hinabgelassen.

Statt des üblichen Leichenschmauses im *Wehrhaften Schmied,* der einzigen Gaststätte in Hüttach, die sich nur noch wegen der Kegelbahn halten konnte, hatte meine Mutter ein großes Blech Streuselkuchen gebacken. Auf einen Kaffee, bei ihr zu Hause. Sofia Kowalski war die Einzige, die der Einladung folgte. Vermutlich aus Dankbarkeit darüber, dass Großmutter ihr vor Jahren das Ehrenamt in der Kirche überlassen hatte, als es mit ihrer Arthrose schlimmer geworden war.

Sofia Kowalski erzählte mit vollem Mund, wie glücklich sie mit dieser Aufgabe sei, und hatte Mühe, dabei die Krümel zurückzuhalten. Ob uns das Blumenarrangement gefallen habe, das rechts vom Altar stand? Voller Stolz gönnte sie sich einen kräftigen Schluck Kaffee. Ich hatte tatsächlich während der Andacht zu den Blumen geschaut. An dieser Stelle hatten schon immer Blumen gestanden, darum hatte sich meine Großmutter jahrelang gekümmert und es war eine Selbstverständlichkeit gewesen, dass ich sie dabei regelmäßig begleitete.

»Wirst du in Hüttach bleiben?«, fragte ich meine Mutter, die den Rest vom Streuselkuchen in Stücke schnitt, um sie einzufrieren.

»Ich habe noch nicht darüber nachgedacht.« Sie bewegte ihren Kopf hin und her und fuhr dabei mit den geschlossenen Lippen am ausgestreckten Zeigefinger entlang. Eine Angewohnheit, die ich gut kannte. Dann grübelte sie, um danach doch alles beim Alten zu belassen.

»Du könntest das Haus verkaufen und irgendwo neu anfangen. Was hält dich in diesem Kaff? Hier haben sie ja bis heute nicht einmal eine eigene Fußballmannschaft. Ganz zu schweigen von einer freiwilligen Feuerwehr!« Ich musste lachen.

»Es ist schon komisch, dass sie nicht mehr da ist.« Meine Mutter schaute auf den leeren Stuhl am Kopfende des Küchentischs. »Ich hatte es mir immer gewünscht, nein, vorgestellt hatte ich es mir, aber jetzt …«

Ich hatte Angst, dass sie anfangen würde zu weinen.

Das unerwartete Licht der Morgensonne in der Küche erhellte auch meine Stimmung etwas. Allerdings roch es nicht mehr nach frischgebackenem Streuselkuchen – der Weihrauch hatte sich wieder durchgesetzt. Eingenistet in jeder Ritze.

»Das dient der Reinigung«, hatte meine Großmutter jedes Mal gesagt, wenn sie das Teelicht unter dem Stövchen anzündete, damit die Harzkörner ihren Duft absondern konnten. Ich schaute zur Eichenkonsole in der Ecke mit dem geschnitzten Jesus am Kreuz. Der Kopf mit der Dornenkrone befand sich in einem Neigungswinkel, der es dem Sohn Gottes erlaubte, uns bei jeder Mahlzeit zu beobachten. Schon früher hatte ich das gehasst. Machte ich Hausaufgaben, setzte ich mich auf den Stuhl, auf dem ich ihm den Rücken zukehren konnte. »Der Sohn Gottes ist für unsere Sünden am Kreuz gestorben.«, ermahnte mich meine Großmutter meine gesamte Kindheit lang. Als ich erfuhr, wie lange das schon her war, fühlte ich mich nicht mehr ganz so schuldig. Für meine Sünden musste er nicht mehr sterben, er war ja schon tot. Trotzdem musste ich immer daran denken, wie fürchterlich das wohl wehtat, wenn man Nägel durch Hände und Füße geschlagen bekommt.

Meine Mutter kam ganz in Schwarz durch die Tür. Die Haare noch offen, eine Kaskade dunkler Locken, die sie gerade mit einer Spange zusammenfassen wollte.

»Lass das so!«, rief ich. Ich dachte, das könnte der Anfang von etwas Neuem sein, aber schon klickte die Spange.

»Willst du jetzt den Rest deines Lebens Schwarz tragen wie deine Mutter?«

»Nur bis zum Sechswochenamt.«

»Du weißt doch, im Dorf …«, hörte ich mich gehässig und mit verstellter Stimme sagen. Dann tat sie mir leid.

Nach dem Frühstück beschlossen wir, zum Friedhof zu gehen. Da die Novembersonne an diesem Morgen in unseren Gesichtern noch angenehm spürbar war, nahmen wir nicht den direkten Weg, sondern machten den Schlenker zur Kastanie mit der umlaufenden Bank. Wegen des Anstiegs kamen wir ins Schwitzen und knöpften unsere Mäntel auf. Auf die Bank setzten wir uns mit Blick Richtung Brocken, der nur bei klarem Wetter in der Ferne auszumachen ist.

»Schau, der erste Schnee hat ihm eine Haube verpasst. Erinnerst du dich, dass ich als Kind immer hinwollte zum Schlittenfahren, wenn es hier bei uns bisher nur geregnet hat?«

»Du wirst lachen, ich war noch nicht einmal oben, seit es möglich ist«, sagte meine Mutter, ohne das Panorama aus den Augen zu lassen.

Ich hatte damals nie eine zufriedenstellende Antwort bekommen, wenn ich fragte, warum wir dort nicht hinkonnten. *Dann wird auf uns geschossen.* Angst war schon immer ein gutes Mittel gewesen, damit ich mich widerstandslos fügte.

»Wir beide könnten einen Ausflug zum Brocken machen, solange ich noch hier bin. Was meinst du?«

»Jetzt sollten wir erst einmal zum Friedhof aufbrechen, mir wird kalt.« Demonstrativ schlug sie ihren Mantel vor der Brust zusammen und stand auf.

»Wir könnten den Bus nach Schierke nehmen und dann mit der Schmalspurbahn nach oben. Also ich hätte richtig Lust dazu!« Und das stimmte. Ich hatte plötzlich sogar Lust auf meine Mutter, die vor mir herlief, groß, schlank und mit diesen wundervollen Haaren. Richtig jung sah sie von hinten aus, sie hätte eine Freundin sein können. Ich überlegte, einen Schritt zuzulegen und mich bei ihr einzuhaken. Aber dann dachte ich, dass ein gemeinsamer Ausflug zum Brocken für den Anfang genug wäre.

Auf Großmutters Grab türmte sich kein gebundenes Grün mit breiten Schleifen, auf denen letzte Grüße und viele Namen gedruckt waren. Drei Gestecke und zwei Thuja-Kränze mit schlichten Trauerschleifen machten einen verlorenen Eindruck. Das provisorische Holzkreuz neigte sich im aufgeweichten Boden etwas zur Seite.

Frida Schachmeier geb. Schuch

*12.04.1940   † 09.11.2019

*

»Morgen muss ich wieder nach Berlin. Ich habe versprochen, Donnerstag und Freitag im Büro zu sein. Wie sieht es aus mit dem Brocken?« Meine Begeisterung von gestern hatte über Nacht spürbar nachgelassen und so war ich froh, als meine Mutter mit geschlossenen Lippen über den ausgestreckten Zeigefinger fuhr.

»Mir wäre es viel lieber, du würdest mir bei dem ganzen Papierkram helfen. Das hat sicherlich nichts mit deiner Arbeit als Steuerberaterin zu tun, aber ich habe so gar keine Ahnung davon.«

Wovon, fragte ich mich, hatte sie überhaupt eine Ahnung. Trotz meiner schwindenden Bereitschaft, war ich wütend über die Absage, die in ihren Worten steckte, und war mir gleichzeitig im Klaren darüber, dass diese Wut sinnlos war.

»Erbschaftssteuer ist zwar nicht mein Fachgebiet, aber da werde ich mich ganz schnell schlau machen. Das sind eben die Situationen im Leben, bei denen man nicht auf Erfahrungen zurückgreifen kann. Aber wir können uns gemeinsam darum kümmern.« Ich lächelte meine Mutter an, die sich erleichtert bekreuzigte.

»Das kriegen wir auch ohne ihn hin«, sagte ich, klappte meinen Laptop auf und gab *Was tun nach einem Todesfall* in das Suchfeld ein.

»Gibt es ein Testament?« Meine Mutter zuckte mit den Schultern, während ich Notizen machte: Totenschein, Sterbeurkunde, Sterbegeldversicherung, Sterbeurkunde Ehepartner, Krankenkasse, Konto, Testament, Amtsgericht, Erbschein.

»Oh Gott, das ist ja eine ganze Menge!« Wieder eilte ihre Hand von der Stirn zur Brust, endete dann aber vor dem geöffneten Mund.

»Wir suchen jetzt erst einmal nach einem Testament.«, sagte ich in einem Ton, der versuchte, ihrer Aufregung etwas entgegenzusetzen. »Und damit fangen wir in Großmutters Zimmer an.«

Die Treppe knarrte. Ein Geräusch, das in meinem Kopf festsaß, wie eine Klette in langen Haaren. Wie häufig hatte ich als Kind das Einschlafen hinausgezögert, nur um den späten Schritten zu lauschen und auf das Schleichen meiner Mutter zu warten, nachdem Großmutter polternd vorangegangen war. Dann wünschte ich mir, dass sie bei mir reinschaute und mir über den Kopf strich, während ich vorgab, zu schlafen. Der notwendige kleine Ruck beim Schließen ihrer Zimmertür sagte mir, dass ich nicht mehr warten musste. Mein Weinen ließ mich immer schnell im Schlaf versinken, aber die Traurigkeit am Morgen hielt sich zäh.

Großmutters Tür machte ein schleifendes Geräusch. Mit der Klinke in der Hand drehte sich meine Mutter um, den Blick in den düsteren Flur gerichtet, wo ich bewegungslos auf der Treppe stand.

»Was ist?«, fragte sie und ich sagte: »Nichts.« Nichts.

»Da hast du nichts zu suchen!« Die schneidende Stimme meiner Großmutter. Das Zimmer blieb ein ewiges Geheimnis. Die drohende Sünde hielt die kaum auszuhaltende Neugierde in Schach.

»Kommst du?«

Ich atmete tief ein, nahm die letzten Stufen und trat ins bewahrende Dunkel. Stumm lauschten wir eine Weile unserer Anwesenheit, aber dann zog meine Mutter mit einer mir völlig fremden Entschlossenheit den Rollladen nach oben, so wie man mit einem Griff ein Denkmal enthüllt. Das einfallende Licht ließ mich blinzeln, Schicht um Schicht zeichneten sich Bett, Schrank und Stuhl vor meinen Augen ab.

Das einsame Kreuz über einer kleinen Kommode unterstrich eine Trostlosigkeit, wie ich sie mir in einer Klosterzelle vorstellte.

Bloß keinen Spaß ins Leben lassen, das war meiner Großmutter mustergültig gelungen!

Ihr Geist wehte weiter durch das Zimmer und ließ meine Mutter, aber auch mich in eine ungewollte Habachtstellung verfallen. Kurz nur, dann riss ich eine Schublade aus der Kommode und knallte sie aufs Bett.

»Alles, was nach Dokumenten ausschaut, nimmst du raus und packst es auf einen Haufen.« Da kam auch in meine Mutter wieder Bewegung. Sie setzte sich sparsam auf den Bettrand, beide Füße auf dem Boden, die für den nötigen Halt zu sorgen hatten.

Ich nahm mir den Schrank vor. Zweiflügelig und in seiner Schlichtheit dem Inhalt gerecht werdend: Schwarz.

Seit meiner Kindheit war mit dieser Farbe der Geruch von Mottenkugeln verbunden. Großmutter roch ganzjährig danach. In der Grundschule durfte einmal jeder sagen, was er gerne roch und auch, was nicht. Ich mochte den Duft von Kakao, den es sonntags gab, den Geruch meiner Oma nicht.

Die ganze Klasse lachte und meine Lehrerin, Frau Schnabel, sagte, dass das nicht schön sei, meine Großmutter nicht riechen zu können. Und dann erklärte sie, was es bedeutet, wenn man einen Menschen nicht riechen kann. Was also gab es da zu lachen!

Ich fuhr mit der Hand über die Hüllen, in denen einst meine Großmutter steckte und brachte sie in Bewegung. Es dauerte nicht lange und schon hingen sie wieder wie stumme Zeugen reglos auf der Stange. Ohne Großmutter weckten sie Mitleid und mich überkam eine Trauer, die sich während der Beerdigung nicht hatte einstellen wollen.

»Hat Großmutter immer Schwarz getragen, auch als du Kind warst?« Mit dem Blick blieb ich im Schrank. Erst, als ich zu lange auf die Antwort warten musste, drehte ich mich um.

»Sie war dreiundzwanzig, als mein Vater starb. Da war sie mit mir schwanger. Ich kenne sie nur in Schwarz.«

»Und kein Mann hatte danach Lust auf eine ewig trauernde Witwe!« Mit einem energischen Handschlag brachte ich die Motten-Klamotten erneut in Bewegung. »Oder hat sie meinen Großvater so geliebt, dass eine weitere Liebe gar nicht mehr möglich war?« Die Ironie in meiner Stimme war nicht zu überhören. Ich machte eine kleine Pause, quasi als Entschuldigung, was nicht nötig war, da meine Mutter keine Regung der Empörung zeigte.

»Ich weiß, sie hat ja so gut wie nie über Großvater gesprochen. Wegen des Fotos auf der Anrichte habe ich mich manchmal getraut, nach ihm zu fragen, aber irgendwann war dieser stumpf gewordene Silberrahmen einfach verschwunden.« Ich nahm einen Bügel von der Stange. Großmutters Sonntagskleid.

»Weißt du überhaupt irgendetwas über deinen Vater?«

Meine Mutter legte die Schachtel mit den Tabletten aufs Bett, die sie die ganze Zeit in ihren Händen gedreht hatte.

»Er liebte Zinnsoldaten.« Ganz leise sagte sie das, es klang fast wie ein Geständnis.

»Er liebte Zinnsoldaten!! Ist das alles? Und Großmutter? Liebte er Großmutter?«

»Das weiß ich nicht. Aber er hat ihr dieses Haus gebaut. So was macht man wohl, wenn man jemanden liebt. Er hat nur nicht lange darin wohnen können.«

»Ein Unfall, ich weiß, aber mehr auch nicht. Durfte ja keine Fragen stellen.«

»Im Wasserkraftwerk. Er war Ingenieur. Seinen Chef kannte er aus dem Krieg.«

»Großvater war im Krieg? Moment … dann muss er ja um einiges älter gewesen sein.«

»Möglicherweise.«

»Möglicherweise, möglicherweise … wie du immer alles einfach nur so hinnimmst, das macht mich wahnsinnig!«

»Ich weiß es eben nicht. Großmutter hat mir doch auch nicht viel erzählt.«

Wie ein Häufchen Elend saß meine Mutter ganz in Schwarz auf dem weißen Bettbezug und starrte auf ihre Füße.

»Ist das nicht Großmutters Strickjacke, die du trägst?« Ich versuchte versöhnlich zu klingen.

Sie nickte.

»War wenig Zeit, mich um eigene Trauerkleidung zu kümmern.«

»Das heißt, nicht nur die Strickjacke …«

Sie nickte wieder.

Ich schaute zur Decke und schluckte, bis mir die Kehle schmerzte.

»Würde es dir schwerfallen, für mich etwas anderes anzuziehen, so lange ich hier bin? Vielleicht irgendetwas in freundlicheren Farben. Wenn ich weg bin, kannst du dich ja wieder an das Sechswochenamt halten.«

Ich hatte nicht erwartet, dass sie tatsächlich aufstehen und in ihr Zimmer gehen würde. Und noch weniger hatte ich erwartet, sie eine viertel Stunde später in einem gelben Sommerkleid zu sehen. Ein Sommerkleid, mitten im November.

»Mehr Farbe habe ich nicht finden können.«

Zum ersten Mal seit meiner Ankunft nahm ich sie in den Arm. Kein innerer Widerstand hielt mich davon ab, zumindest für diesen kurzen Moment nicht. Doch obwohl ich mich immer nach ihrer Nähe gesehnt hatte, kam gleich wieder diese verdammte Unsicherheit auf, das Chaos in mir drinnen, der Wunsch, nichts zuzulassen, der Rückzug.

»Ich erwarte nicht, dass du für mich frierst!« Mit einem unbeholfenen Lachen schob ich sie eine Armlänge von mir weg. Sie hatte sich die Lippen rot angemalt, die Locken gebündelt und ganz oben auf dem Kopf festgesteckt. Ich hatte die schönste Mutter von allen, aber allzu viel Rührung wollte ich nicht zulassen. Eilig nahm ich die Hände von ihren Schultern, als hätten sie etwas Verbotenes berührt und drängte zum Weitermachen.

Wenig später nahm sie Großmutters Portemonnaie aus der Schublade und hielt es mir hin. Unnötig grob riss ich es ihr aus der Hand.

»Da haben wir doch schon mal den Personalausweis und die Krankenkassenkarte!«

Ich fuhr ihr über den nackten Arm.

»Zieh dir doch eine Jacke über, Mama. Du frierst.«

»Mir ist nicht kalt.«

Das wollte ich nicht glauben. Großmutters Zimmer war ungeheizt.

»Hast du sonst schon irgendwas gefunden?«

»Zwei abgelaufene Rezepte und die Bedienungsanleitung für ihren Radiowecker.«

Jetzt musste ich lachen.

Schmerzmittel, vermutlich wegen der Arthrose. Ganz offensichtlich hatte sie die nicht genommen. Wenn schon leiden, dann ohne Ausnahme! Wie hatte sie sich das Leben nur so schwer machen können! Und warum mussten wir ein Teil davon werden?

Schnaufend stopfte ich das ganze Schwarz in Plastiktüten. War eine Tüte voll, gab ich ihr einen Tritt.

Mir gingen die unterschiedlichsten Szenen durch den Kopf. Wie hilflos war ich ihr gegenüber gewesen, ihrem Wahn, mich auf Gottes vorbestimmten Weg zu bringen, und warum hatte mir meine Mutter nicht geholfen, mich dagegen zu wehren?

Großmutters Sonntagskleid hatte ich achtlos auf den Fußboden geworfen. Ich bückte mich danach, entfernte den Bügel und war im Begriff, es in eine der Tüten zu stopfen, hielt es aber stattdessen in die Höhe.

»Das hat sie sich zu meiner Erstkommunion gekauft, und zwar genau in dem Laden, in dem ich um das weiße Kleid mit den Puffärmeln gebettelt habe. Schlicht sollte ich die Sakramente empfangen, kein Firlefanz, auf den hätten die Anhänger von Jesus bei ihrer Taufe vor über zweitausend Jahren auch verzichtet. Die haben mich in dem Moment aber so gar nicht interessiert, ich wusste nur, dass ich doch schon auf alles Mögliche verzichten musste, ich hatte ja nicht einmal eine Patentante! Angst hatte ich. Eine gottverdammte Angst! Zum ersten Mal zur Beichte. Großmutter wollte, dass ich all meine Sünden schon mal aufschreibe, damit ich auch ja keine vergesse! Welche Sünden, Mama? Ich war in der dritten Klasse und spurte in blindem Gehorsam!

Gut, ich war über die Dorfgrenze hinausgeradelt … das habe ich nicht erwähnt. Großmutter hat mir dann fünf Verstöße diktiert. Keine Ahnung mehr, welche, aber ich wusste, dass sie nicht stimmten. Ich habe lange drüber nachgedacht, ob nicht Großmutter damit eine Sünde begannen hatte. Auf die Strafe Gottes habe ich vergeblich gewartet.«

Auch ihr Sonntagskleid verschwand in einem der Säcke. Im Fach über der Kleiderstange entdeckte ich den Leitz-Ordner.

»Das schaut doch schon mal vielversprechend aus!«, jubilierte ich gegen die Erinnerungen an und setzte mich zu meiner gedankenversunkenen Mutter aufs Bett.

Versicherungsunterlagen, Grundbuchauszug, ein Katasterplan und Unterlagen zur Hinterbliebenenrente der Berufsgenossenschaft. Anhand der Daten überschlug ich rasch die Dauer der Bezüge.

»Sechsundfünfzig Jahre Witwendasein! Das muss man erst mal wollen! Woran ist Großmutter eigentlich gestorben?« Ich hatte nie danach gefragt, aber auch meine Mutter hatte kein Wort darüber verloren. Hatten wir beide nur auf ihren Tod gewartet? Egal wie?

»Plötzlicher Herztod im Schlaf, hat der Notarzt gesagt. Ich habe mich gewundert, weil sie nicht zum Frühstück gekommen ist und dann nach ihr geschaut.«

Meine Mutter bekreuzigte sich.

»Kein schlechter Tod. Unangekündigt, und verschlafen hat sie ihn auch noch.«

»So darfst du nicht reden, Magdalena!« Mit dem flüchtig geschlagenen Kreuz wollte sie sicher um Vergebung bitten. Für mich.

»Sollten wir kein Testament finden, gehört das Haus dir. Was willst du dann tun? Weiterhin in Hüttach bleiben? Gefangenschaft, aber jetzt mit Freigang?« Ich schob die drei prallen Plastiksäcke mit dem Fuß in eine Ecke.

War ich zu hart? War ich rücksichtslos? Gefühllos?

Bindungsangst. Ein Wort, das meinem Gehirn ungefragt einen Besuch abstattete. Leo hatte es zurückgelassen, mit der Empfehlung, eine Therapie zu machen. Wortlos verließ ich das Zimmer und knallte die Tür hinter mir zu.

Ich nahm meinen Mantel von der Garderobe. Der von Großmutter hing auch noch dort. Auf dem Weg zur Kastanie warf ich ihn in den Vorgarten. Vom Brocken war nichts zu sehen.

Als ich mit verheultem Gesicht zurückkam, saß meine Mutter am Küchentisch, vor ihr eine abgegriffene Pralinenschachtel mit Rosen auf dem Deckel.

»Ich hab mich erinnert, dass sie immer im Wohnzimmerschrank lag. Als Kind habe ich mir das Pralinensortiment auf der Unterseite angeschaut und überlegt, welche ich am allerliebsten essen würde.«

»Und?«

»Es waren gar keine drin. Nur Papiere.«

Meine Mutter hob den Deckel. »Die Papiere sind immer noch drin.« Mehr Stolz ließ sich nicht in ein Lächeln packen.

Das Familienstammbuch lag oben auf. Braunes Lederimitat mit Großbuchstaben in Golddruck. Darunter breitete der Bundesadler seine Flügel aus. Das Buch machte den Anschein, als sei es nie benutzt worden. Unangetastet. Eine unantastbare Familie.

Ich nahm einen Stuhl und rückte ihn etwas näher an meine Mutter heran. Sie schob mir wortlos die Schachtel zu. Ich nahm das als Aufforderung und schlug das Stammbuch auf. Die Heiratsurkunde meiner Großeltern.

Standesamt Clausthal-Zellerfeld, 14. März 1961
Der Ingenieur Kurt Schachmeier ...

»Wusstest du, dass dein Vater Kurt hieß?«

Selbst konnte ich mich nicht erinnern, dass sein Name jemals gefallen war. Jetzt, wo er einen hatte, wurde ich neugierig.

Meine Mutter schüttelte den Kopf. »Wenn von ihm gesprochen wurde, dann nur als *„dein Vater"*. Wir müssen für *deinen Vater* beten!«

Konfession: keine las ich laut und deutlich mit phonetischem Fragezeichen. Ich konnte nicht glauben, dass meine erzkatholische Großmutter einen Atheisten geheiratet hatte!

»Musstet ihr deswegen für deinen Vater beten, weil er an Religion offensichtlich kein Interesse hatte?«

Meine Mutter zuckte mit den Schultern. Man habe halt gebetet, auch für die Mutter ihrer Mutter. Damit sie in den Himmel kämen.

»Und du hast nie gefragt, warum sie nicht schon lange dort oben sind?«

Jetzt schüttelte sie den Kopf.

Schulterzucken, Kopfschütteln – ich haute mit der Faust so heftig auf den Tisch, dass die Pralinenschachtel einen Satz machte und meine Mutter zusammenfuhr.

Aber konnte ich ihr Vorwürfe machen? Ich hätte ja selbst keine Antworten gehabt.

»Jedenfalls musste sie nicht heiraten, du bist ja erst zwei Jahre später auf die Welt gekommen.«

Kurt Schachmeiers Geburtsdatum war der 24. November 1922. Er hätte Großmutters Vater sein können. Vielleicht hatte sie auch einen Vater gesucht, so wie ich. Und den hat sie dann gleich geheiratet und in Sachen Glauben Fünfe gerade sein lassen!

Obwohl ich keine Antwort erwartete, fragte ich meine Mutter nach Großmutters Vater. Vielleicht war er im Krieg gefallen, oder er hatte sich viele Jahre in Gefangenschaft befunden und war als Fremder zurückgekommen, dem die Vaterrolle nicht mehr gelungen war.

»Der war Bauer. Irgendwo … jedenfalls so weit weg, dass meine Mutter nicht mehr zum Grab ihrer Mutter fahren konnte, um es zu pflegen.«

Gräber pflegen! Das hatte sie sich zum Lebensinhalt gemacht. Wenn schon nicht das der eigenen Mutter, dann wenigstens all die anderen letzten Ruhestätten, denen man die Aufmerksamkeit verweigert hatte.

Ich schlug das Familienstammbuch zu und nahm das Papierpolsterkissen aus der Pralinenschachtel. Ich roch daran. Aus Gewohnheit. So, wie ich auch meine Nase jedes Mal in die entleerten Vakuumverpackungen von gemahlenem Kaffee steckte. Den Schokoladenduft gab es nicht mehr, nur muffige Vergangenheit. Einzig ein gefaltetes, kariertes Blatt Papier, an der Seite ausgefranst, da, wo es aus einem Spiralblock gerissen worden war, schien mir nicht in die Jahre gekommen.

Das Testament.

Erleichtert atmeten wir beide auf, meine Mutter bekreuzigte sich und behauptete, die Anwesenheit ihrer Mutter zu spüren. Ich sah lediglich ihre Handschrift, die, wie so vieles, mit Sorgfalt im Verborgenen gehalten worden war. Bewusst oder unbewusst: Ich hätte nicht bestätigen können, dass es die Handschrift meiner Großmutter war. Kleine Buchstaben, eng aneinandergerückt, als müsse man sogar mit dem Platz auf dem Papier sparsam sein.

Testament

Mein Haus (Feldstrasse 12, Hüttach) vermache ich zu gleichen Teilen meiner Tochter Anna Schachmeier, geboren am 26. Juni 1963 und meiner Enkelin Magdalena Schachmeier, geboren am 14. September 1980.
Das Guthaben auf meinem Sparbuch ist für die Pflege meines Grabes gedacht. Beide, meine Tochter und meine Enkelin, sollen sich darum kümmern solange sie leben.

Hüttach, 18. September 2019
Frida Schachmeier

Ich las mit der Stimme einer Amtsperson, während meine Mutter in einem Paar Kindersöckchen zu versinken drohte.

»Hast du verstanden?«

»Da steckten die kleinen Kinderfüße meiner Mutter drin.« Sie fuhr immer wieder über das vergilbte Weiß. Zuerst weinte sie tonlos, aber dann wollte sie mit dem Schluchzen gar nicht mehr aufhören. Ich nahm ihr die Söckchen aus der Hand. Eine Handarbeit mit grüner Kordel an den Bündchen, an der jeweils zwei gehäkelte rote Kirschen hingen. Sie wurde geliebt, dachte ich und ließ eine Kirsche durch meinen Finger wandern.

Ich legte die Söckchen wieder in ihre Hände und nahm das Sparbuch aus der Schachtel.

10324 Euro und 24 Cent. Eine Summe, die uns lange sagen würde, was wir zu tun hätten.

Meine Mutter weinte noch immer. In meiner Hilflosigkeit drehte ich die Pralinenschachtel um und fragte, welche sie denn am allerliebsten gegessen hätte. Sie wischte sich die Tränen ab und zeigte auf eine runde Praline mit Nougatrosette und silberfarbener Liebesperle auf der Spitze.

»Wegen der Perle, stimmt's?«

Sie nickte und ich war froh, dass sie weder den Kopf schüttelte noch mit den Schultern zuckte.

RAUSCHEN

Die Zugfahrt im Erste-Klasse-Abteil von Braunschweig nach Berlin bereitete mir diesmal nicht das übliche Vergnügen. Ich spürte noch die Hände meiner Mutter, festgeklammert, als wollte sie mich nie wieder loslassen.

»Weihnachten bin ich wieder da, versprochen!«

Weihnachten. Es lag Jahre zurück, dass ich zu diesem Anlass in Hüttach gewesen war. Ich hatte mir nicht länger die ewigen Vorwürfe anhören wollen, Gottes eindeutiges Zeichen mit Füßen getreten zu haben. Ansonsten nur Gebete statt Gebäck.

Das Getue um Weihnachten ging mir generell auf die Nerven. Da konnten die Kollegen noch so schwärmen, den Ablauf ihrer Feiertage bis ins Kleinste schildern. Ich vermisste nichts. Das hatte ich mir abgewöhnt. Dafür muss man nur das Anspruchsdenken abschalten. Und darin war ich gut. Sehr gut.

Auf dem Display rückte die Ankunftszeit im Minutentakt näher. Machten die Zahlen einen Satz, steigerte sich meine Angst vor der leeren Wohnung. Unsere Drei-Zimmer-Altbauwohnung mitten in

Schöneberg, die wir einem glücklichen Zufall zu verdanken hatten. Wir tanzten damals durch die vom Vormieter besenrein zurückgelassenen Räume, an deren Wänden Schmutzspuren einiges zu erzählen vermochten. Leo und ich freuten uns auf eine gemeinsame Zukunft. Es war ein etwas überstürzter Einstieg nach dem kurzen Kennenlernen, aber zum glücklichen Zufall konnten wir einfach nicht nein sagen.

My home is nowhere without you. Sein Handy lag auf der Fensterbank und die leeren Räume wirkten wie ein Verstärker für diese wunderschöne Liebeserklärung. Leo sang jeden Refrain mit, und wenn er nicht sang, dann wollte er mich küssen.

Es ging nicht. Seine fordernde Umarmung nahm mir die Luft und so löste ich mich immer wieder, tanzte zu den Gitarrenklängen mit weiten Schritten durch die noch unbewohnten Zimmer, tat so, als sei es ein Spiel, mich immer wieder von ihm einfangen zu lassen. Ich wusste, ich würde nicht endlos fliehen können.

My home is nowhere without you

Als eine Art Hilfestellung legte ich mir diesen Satz in meinen Mund, der stürmisch geküsst wurde, und ich leistete auch keinen Widerstand, als Leo meinen Rock nach oben schob und mich auf die breite Fensterbank setzte. *Beiß die Zähne zusammen.* Ich bemühte mich um Leidenschaft. Der Moment hatte es verdient.

Ich zögerte das Ankommen hinaus, indem ich kein Taxi, sondern die U-Bahn nahm.
Unterwegs wollte ich Leo entdecken, seinen wuscheligen Blondschopf aus der unruhigen Menge herausragen sehen. Leo, der sich dann nach mir umdrehen und mich anlächeln würde. Aber es gab kein Lächeln.
  Und wie erwartet gab es auch keinen Leo in der kalten Wohnung. Die Heizung musste er abgedreht haben, bevor er die Tür hinter unserem gemeinsamen Leben zugezogen hat. Ich behielt meinen Mantel an, ging von Raum zu Raum und suchte nach den zu erwartenden Lücken, um meinem Schmerz noch eins draufzusetzen und ihn schließlich im Schlafzimmer mit ins Bett zu nehmen. Ohne Zähneputzen und im Mantel. Nicht einmal die Schuhe zog ich aus.

Die Kollegen drückten am nächsten Morgen mit gesenkten Köpfen und gedämpften Stimmen ihr Beileid aus, und Barbara, die Teamleiterin, kam zu meinem Schreibtisch und legte mir tröstend ihre Hand auf die Schulter. Mein verquollenes Gesicht und die rotgeweinten Augen erweckten Anteilname. Wie ahnungslos sie doch waren! Ich beließ es dabei. Diesbezüglich hatte mir meine Großmutter einen letzten Dienst erwiesen. Mit dem eigentlichen Grund meiner Trauer musste ich alleine fertig werden. Zum Herzausschütten hatte ich niemanden in Berlin und auch meine Mutter hatte nicht nach Leo gefragt. Und wenn ... ich hätte ihr wahrscheinlich nur von der Spitze meines persönlichen Eisbergs erzählt.

Ich nahm mir vor, am Abend Fiona in London anzurufen. Und ich nahm mir vor, sie im kommenden Jahr wirklich zu besuchen. Plötzlich hasste ich mich selbst wegen all der leeren Versprechen, die ich nicht nur anderen, sondern auch mir selbst immer wieder machte. Wie oft hatte ich Fiona gesagt *bis ganz bald!* Mit einer besten Freundin sollte man so nicht umgehen, schon gar, wenn sie die einzige ist. Ich könnte im September mit ihr auf meinen vierzigsten Geburtstag anstoßen. Die Idee hinterließ ein Lächeln.

2020 mein Leben in den Griff bekommen!!!

Rosafarben leuchtete der schnell aufgeschriebene Satz auf dem weißen Blatt Papier. Ich kaute auf dem Textmarker herum und griff dann nach meinem Smartphone.

Beziehungsangst/Therapie tippte ich in die Suchleiste, und bevor ich mir einen Überblick verschaffen konnte, klopfte mir Barbara auf die Schulter. Diesmal ging es nicht um Trost, sondern um einen Herrn Breitner, dessen Unterlagen noch heute raus sollten. Hastig zog ich die Mappe über meinen rosa-farbenen Vorsatz, aber offensichtlich nicht schnell genug.

»Das wird schon.«, sagte Barbara mit einem auf-bauenden Lächeln, dabei hatte sie keinen blassen Schimmer, was da werden sollte.

Für Herrn Breitner musste ich eine Stunde anhän-gen, da waren die Kollegen schon in den Feierabend unterwegs. Ich spürte keinen Groll, im Gegenteil, ich genoss das verlassene Büro. Keine Kollegen, die nicht müde wurden, mich zu einem Feierabendbier einzuladen. Nachdem ich Herr Breitner zu den Ak-ten gelegt hatte, scrollte ich mich durch das umfang-reiche Therapeutenangebot.

Um das Problem *Bindungsangst* wollte sich offen-bar die gesamte Berufssparte kümmern. Die oder den Richtigen herauszufischen, schien mir einem Glücksspiel gleich. Nicht zwischen Tür und Angel, sagte ich mir, mit Ruhe und ganz ohne Druck, Zwan-zigzwanzig hat noch nicht einmal angefangen.

Ich faltete mein Gelübde und steckte es in den Rucksack. Es sollte einen Platz am Badezimmer-spiegel bekommen. Kein Zähneputzen ohne erhobe-nen Zeigefinger.

*

»Nein Lena, du störst keinesfalls! Die Kinder sind im Bett und William ist mit Kollegen unterwegs. Und da wäre auch noch die Stunde, die wir hinter euch herhinken. Ich freue mich, deine Stimme zu hören! Du hast dich so lange nicht gemeldet. Wenn ich nichts von dir höre, denke ich immer, dass es dir gut geht.«

Noch im Mantel hatte ich Fionas Nummer gewählt, als ich nach Hause kam.

»Und jetzt hörst du von mir, also muss es mir schlecht gehen.«

»Das hoffe ich nicht!«

»Momentan friere ich.« Ich ging mit dem Telefon in der Hand alle Räume ab und drehte die Heizkörper auf. Das hatte ich heute Morgen vergessen.

»Ein technisches Problem?«

»Leo hat die Heizung abgestellt.«

»Na dann stell sie wieder an!« Ich hörte Fionas Lachen und musste selbst ein bisschen grinsen.

»Leo ist weg.« Jetzt grinste ich nicht mehr.

»Warum?«

»Warum schon! Das ewig Gleiche!«

»Mensch Lena, seit ich dich kenne, schlägst du dich damit herum. Such dir endlich einen Therapeuten, einen guten!«

Wir schwiegen.

»Ich habe schon geschaut. Im Netz sind so viele. Welcher ist ein guter? Und was heißt schon *gut*. Auf alle Fälle eine Frau.«

»*What ever* … aber tu endlich was!«

Dass ich mit ihr in London meinen Vierzigsten feiern wollte, fand sie *fantastic*.

Fiona hatte ich kennengelernt, als ich in Clausthal-Zellerfeld aufs Gymnasium kam. Dafür müsste ich meiner Großmutter schon wieder dankbar sein. Nicht wegen des mittelmäßigen Abiturs, das ich hingelegt hatte. Wegen Fiona. Ich wollte damals gar nicht zum Gymnasium. Ich wollte keine Veränderung. Ich wollte auf der Hauptschule bleiben und meine Lehrerin behalten. Ich wollte, dass alles so blieb, wie es war. Darauf nahm meine Großmutter in diesem Fall keine Rücksicht. Was der liebe Gott wollte, das zählte. Der hatte ja was ganz Besonderes mit mir vor und ein Abitur in der Tasche zu haben, wäre auf jeden Fall schon mal nicht verkehrt.

Wie sie meine Zulassung trotz bescheidenem Notendurchschnitt hinbekommen hatte, war mir ein Rätsel. Wahrscheinlich hatte sie gebetet und dem Direktor versprochen, ihn in ihre Gebete einzuschließen.

Ich hatte geweint. Beim Frühstück fing ich damit an und hörte erst damit auf, als ich eingeschlafen war. Mehr Protest war auch gar nicht drin.

Widerspruch wurde nicht geduldet. Für den brauchte man Worte und Worte waren nicht erlaubt. Selbst meine Mutter widersprach nie. Widerspruch war Auflehnung und Auflehnung war Sünde. Ich ging ungern zur Beichte.

Mit Großmutter fuhr ich im Bus dem *großen Tag,* wie sie ihn nannte, entgegen. Auch meine Mutter hatte mich nicht trösten können. Sie war nicht dabei, aber das war sie nie. Daran hatte ich mich gewöhnt. Gut werden würde es so oder so nicht.

Erst in der Aula, die mir, wie das Schulgebäude selbst, mit ihrer unübersichtlichen Größe die Unsicherheit bis in den Hals klopfen ließ, meldete sich meine Sehnsucht nach einer Familie. Einer richtigen. Einer aus Vater, Mutter, Kind. So, wie sie hier saßen und von dem Schulleiter, der keine Haare, aber eine freundliche Stimme hatte, begrüßt wurden. Die lieben Eltern, die Geschwister, die Großeltern, die Freunde.

An meiner Seite gab es nur Großmutter und ich fühlte mich jetzt schon minderwertig.

Der Schulleiter sprach von einem wichtigen Abschnitt in unserem Leben, da wusste ich noch nicht, dass er recht hatte.

Herr Conrad unser Klassenlehrer forderte uns auf, unsere Vornamen auf ein Blatt Papier zu schreiben.

Ich schrieb, ohne zu zögern und in großen Buchstaben *Lena* auf mein Blatt.

Fiona saß neben mir. Erst jetzt schaute ich sie richtig an, meine Anspannung hatte das vorher gar nicht zugelassen. Da hatte mein Blick auf Herrn Conrad geklebt, der mit dem halben Hintern auf dem Pult saß und mit einem Bein hin und her schaukelte. Herr Conrad entlockte mir keinen Vaterwunsch. Ich starrte auf seine fleischig roten Lippen, die sich in einem dunklen Nest aus Barthaaren bewegten. Englisch und Geschichte. Zwei Fächer, die ich noch gar nicht hatte. Ich dachte an Frau Schnabel und an meine alte Klasse in Hüttach und beinah hätte ich geweint, wenn Fiona nicht genau in diesem Moment »Hallo Lena!« gesagt hätte.

Die Sonne schien durchs Fenster, machte aus ihrem roten Lockenkopf ein Lagerfeuer. Ich hatte noch nie so viele Sommersprossen auf einmal gesehen.

Ich sagte »Hallo …« und sie hielt mir ihr Namensschild vors Gesicht. Von diesem Tag an waren wir unzertrennlich.

Kaum, dass ich aufgelegt hatte, löschte ich auf meinem Laptop den Ordner, in dem ich gesammelte Rezepte abgelegt hatte. Vorspeisen, Pasta, Fleischgerichte, Aufläufe, Beilagen, Nachtisch, Backen salzig, Backen süß. Liebe sollte nicht mehr durch den Magen gehen. Nichts sollte mehr irgendwie kompensiert werden.

Fürs Abendessen schob ich eine Tiefkühlpizza in den Ofen und fühlte mich dabei ungewohnt entspannt. Später aß ich sie aus der Hand und suchte im Netz nach einer bezahlbaren Wohnung. Die jetzige konnte ich mir allein nicht mehr leisten.

»Höchste Zeit für eine neue!« Mein Kollege Björn fluchte, als ich am nächsten Morgen mit ihm an der Kaffeemaschine stand, aus der es nur noch röchelnd in die Kanne tropfte.

Ich sagte ihm, dass ich eine neue Wohnung bräuchte, zwei Zimmer, und ob er vielleicht was wüsste. Er lachte ohne sichtbare Freude, warf den Kopf in den Nacken.

»Die alte kann ich mir als Single nicht mehr leisten.«

»Single? Wer war denn da so blöd, dich laufen zu lassen? Wir würden doch alle bei dir einziehen, wenn wir nicht gebunden wären!« Diesmal hatte sein Lachen etwas Heiteres. Ich verdrehte hinter seinem Rücken die Augen, bis es schmerzte.

Einen Hingucker hatten mich schon früher die Älteren in Hüttach genannt, die Verheirateten, die sich nicht mehr so viel herauszunehmen trauten. Für die Jungen, die beim *Wehrhaften Schmied* am

Wochenende kegelten und Bier um die Wette tranken, war ich der steile Zahn, die geile Schnalle.

Ich hatte nie Probleme, Männer kennenzulernen. Sie zu halten, das war das Problem. Ich war groß und schlank wie meine Mutter, hatte auch ihre schönen Locken, aber meine waren blond. Ein helles Blond, das meine Großmutter eine Schande nannte.

Björn haute auf die Kaffeemaschine. »Geh mal bei Facebook auf *Wohnungstausch*!«, sagte er und schlurfte mit leerem Becher zu seinem Schreibtisch zurück.

Fürs Wochenende kaufte ich mir einen großen Strauß Gerbera. In Knallgelb. Ein emotionaler Anker für mein aufgewühltes Seelenleben.

Wohnungstausch. Ich versprach mir nicht viel davon und drückte auf *Posten,* nachdem ich mein Anliegen in drei Sätze gefasst hatte. Danach rief ich meine Mutter an. Sie klang unbeschwert, das Testament hatte sie noch nicht zum Amtsgericht gebracht. Aber bei der Krankenkasse sei sie schon gewesen und in einem Café habe sie eine Kürbissuppe gegessen.

»Ich bin ganz lange sitzen geblieben und habe dabei noch in einer Frauenzeitschrift geblättert.« Sie machte eine Pause, in der ich ihre verlegene Zufriedenheit spüren konnte.

»Und einen Adventskranz habe ich gekauft. Mit allem Drum und Dran. Fünfundfünfzig Euro. Bin ich verrückt?«

»Nein, Mama, bist du nicht. Trägst du noch Schwarz?« Ich brachte mit einer Hand die strenge Ordnung der Gerbera in der Vase etwas durcheinander.

»Montag … versprochen, Montag gehe ich zum Amtsgericht.«

»Was ist mit dem Abo vom Kirchenblatt? Wenn du das kündigen möchtest, dann kümmere dich darum.«

»Muss das sofort sein?«

Bestimmt fuhr sie gerade mit ihren geschlossenen Lippen über den ausgestreckten Zeigefinger.

»Nein, ist jetzt auch völlig egal … Wann musst du wieder ins Büro?«

»Ich habe noch eine ganze Woche Urlaub, also genug Zeit, um alles zu erledigen, was du mir auf den Zettel geschrieben hast.«

»Das ist gut. Und wenn du Montag in der Stadt bist, vergiss nicht, eine Kürbissuppe zu essen!« Ich wollte mir noch etwas anderes Nettes einfallen lassen, aber dann ploppte auf meinem Laptop eine Facebook-Nachricht auf.

»Die war wirklich gut …«, hörte ich sie noch sagen, dann ließ ich mich ablenken.

Zwei Zimmer wurden mir zum Tausch angeboten. Einundsechzig Quadratmeter, Erdgeschoss und gerne sofort.

»Magdalena!«

»Ich rufe die Tage zurück. Ist gerade was dazwischengekommen.«

Die einundsechzig Quadratmeter schaute ich mir näher an. In Schöneberg. Ich fragte nach der Telefonnummer, die postwendend einging, und stand eine halbe Stunde später in einer Erdgeschosswohnung, keine Viertelstunde zu Fuß von meiner schönen Altbauwohnung entfernt. Martin-Luther-Straße. Vierspurig, nimmermüder Verkehr. Ein Rauschen, das auch hinter der schmutzigbeigen Wohnungstür keine Ruhe gab. Ein junges Pärchen. Sie sichtbar schwanger, Jurastudentin vor dem zweiten Staatsexamen, er Bankfachwirt mit eigener kleiner Wohnung in Friedrichshain. Die standesamtliche Trauung sollte im Dezember stattfinden, das Kind, ein Mädchen, käme im April zur Welt. Es schien mir, als sollten all diese Informationen von der Wohnung ablenken. Wohnzimmer, Schlafzimmer und Küche waren zur lärmenden Straße hin ausgerichtet. Das Rauschen schaffte es sogar ins abgelegene, fensterlose Bad.

Ich schaute mich gar nicht erst nach eventuellen Vorzügen um. Es war allein der Preis, der mich auf dem Sofa Platz nehmen ließ, und ich wehrte mich auch nicht gegen die angebotene Tasse Kaffee.

»Gebt mir eine Nacht zum Drüber-Schlafen. Ich melde mich auf jeden Fall bei euch.« In den Gesichtern sah ich mehr Enttäuschung denn Hoffnung und das Lächeln, als sie mich zur Tür brachten, hatte etwas Bemühtes.

Ich war nur froh, dass ich die Martin-Luther-Straße hinter mir lassen konnte, und war noch nie so dankbar für das Kopfsteinpflaster in meinem Viertel, das für Durchgangsverkehr denkbar ungeeignet war.

Ich schloss das zweiflügelige Eingangstor zum Vorderhaus auf, drückte mich mit all der Kraft dagegen, die es brauchte, um das stattliche Portal zu bewegen. Ein routinierter Vorgang, wie auch der anschließende Blick in den Briefkasten, bevor der nächste schwere Flügel aufgeschoben wurde, um an den Mülltonnen vorbei zum Gartenhaus zu kommen. Dritter Stock. Ein Sisalläufer dämpfte die Schritte in einem düsteren Treppenhaus, das ganzjährig nach Feuchtigkeit roch. Auch nach zwei Jahren war die Freude auf unser Zuhause nicht abgenutzt, die sich einstellte, sobald ich die Wohnungstür aufgeschlossen hatte. Wann würde es das letzte Mal sein? Wann würde ich die hellen, hohen Räume verlassen? Die vertrauten Räume mit dem umlaufenden Stuck an den Decken, den Rosetten in der Mitte, der vorbestimmte Platz für die Lampen, liebgewonnene

Fundstücke von Flohmärkten und Trödlern wie so vieles in der Wohnung. Mit Geduld und Begeisterung gemeinsam zusammengetragen. Nicht das Erstbeste, keine Kompromisse. Es musste das Richtige sein, es musste passen. Wir freuten uns wie Kinder über jeden Gegenstand, der bei uns einzog. Und jetzt war Leo ausgezogen. Die Traurigkeit überfiel mich wie eine plötzliche Müdigkeit. Ich stand am Wohnzimmerfenster mit Blick in den Hinterhof, der von weiteren Wohnblocks begrenzt wurde. Die erleuchteten Fenster tupften Ansichten harmonischen Zusammenlebens in die hereingebrochene Dunkelheit. Zumindest wollte ich an das fremde, häusliche Glück glauben.

Ich fand noch eine Flasche Rotwein im Küchenschrank. Nach zwei Gläsern fing ich an, meine Situation zu analysieren. Eine Erdgeschosswohnung wäre gar nicht so schlecht, um von ganz unten neu anzufangen, dachte ich. Eine *Pole Position* sozusagen.

Martin-Luther-Straße. Ich musste lachen, schenkte mir ein weiteres Glas ein und suchte in der Schublade mit den Servietten nach Zigaretten, versteckt für besondere Gelegenheiten.

Auf dem Balkon machte ich einen tiefen Zug, und weil ich bezweifelte, meine unerschütterliche Entschlossenheit über die Nacht retten zu können, tippte ich die Nummer des jungen Pärchens.

»Morgen elf Uhr dreißig könnt ihr euch meine Wohnung anschauen.«

ROT

Bis jetzt hatte ich nur das Wichtigste ausgepackt. Ein bisschen Geschirr, alles, was ich im Badezimmer brauchte und meine Kleider. Der Rest blieb in Kisten. Ein sinnloses, aber immerhin sichtbares Auflehnen. Ich wollte hier gar nicht ankommen. Die paar Möbel, die ich mitgenommen hatte, standen noch dort, wo sie die Umzugsleute vor drei Tagen ohne auf Anweisung zu warten, abgestellt hatten.

Ich weinte beim Anblick der schmutzig abgegriffenen Rollladengurte, als ich das Tageslicht aussperren wollte.

Der Moment der Schlüsselübergabe hatte sich wie Sterben angefühlt.

Im Radio spielten sie *Last Christmas*. Ich dachte an meine Mutter, und dass ich ihr versprochen hatte, Weihnachten zu kommen. Ein Fest ohne Großmutter. Die Musik mischte sich mit dem Rauschen des Verkehrs und ich drehte den Lautstärkeregler etwas höher. Mein Uralt-Radio von Tchibo. Das hatte ich mir mit fünfzehn vom ersten selbstverdienten Geld gekauft. Meiner Mutter hatte ich die Unterschrift abgerungen, damit ich sonntags die Gratiszeitung in Hüttach austeilen durfte. Ich wusste nicht mehr, wie oft sie sich mit den Lippen über ihren Finger fuhr, bevor sie endlich ihre Zustimmung als Erziehungsberechtigte unter den Vertrag setzte. Sie konnte doch froh sein für das bisschen Erziehung, das sie damit leisten durfte. Natürlich hat Großmutter getobt. Nicht nur wegen der lauten Musik in meinem Zimmer, sondern wegen der Sonntagsarbeit, *die* war das ganz große Drama. Meine Mutter duckte sich unter der Moralpredigt weg, ich hingegen hielt mich ausgesprochen kerzengrade, wenn Großmutter von der Küchenkanzel predigte. Damals überragte ich sie schon um einen halben Kopf.

Bis zum Anschlag drehte ich den Knopf. Von der Straße war jetzt gar nichts mehr zu hören, dafür wurde Sturm geklingelt.

»So geht das hier nicht!«, ein handgestrickter Pullunder über einem karierten Flanellhemd in Brauntönen. »Machen Sie sofort die Musik leiser!« Ein Nachbar, aus welcher Tür auch immer, aber dass er viel zu Hause sein würde, war ersichtlich.

Ich machte das Radio ganz aus. Auf Musik hatte ich keine Lust mehr. Dann suchte ich in den Kisten nach dem Bügeleisen für die Bluse, die ich morgen ins Büro anziehen wollte. Montag. Ich hatte mich noch nie so sehr auf einen Wochenanfang gefreut.

Die Energie, die mir in den letzten Tagen abhandengekommen war, kehrte im Büro schlagartig zurück. Ich arbeitete mehr ab, als mir zugeteilt wurde. Barbara lächelte und reichte mir Nachschub rüber: »Sagte ich doch, dass das wieder wird!« Und schon quälte mich der Gedanke, dass ich mich noch nicht um eine Therapie gekümmert hatte. Um ihn beiseite zu schieben, dachte über ein Weihnachtsgeschenk für meine Mutter nach. Irgendwas in Farbe. Ein Mantel vielleicht.

Ob ich Überstunden machen könnte wegen Jahresende und der Menge, die es noch zu tun gebe? Barbaras Stimme holte mich wieder zurück.

Überstunden. Für mich klang das wie eine Einladung zu einem bunten Abend. Die Zeit, die ich hier absaß, musste ich nicht zwischen Kisten und schmutzig kahlen Wänden verbringen.

Ich ging, als die Putzkolonne kam. In der U-Bahn grölte eine Armee junger Leute mit Nikolausmützen auf den Köpfen und ich dachte an die anstehende Betriebs-Weihnachtsfeier und was ich mir diesmal einfallen lassen könnte, um nicht teilnehmen zu müssen. Mir waren die Kollegen schon im Arbeitsalltag zu viel. In Feierlaune waren sie unerträglich.

Der Heizkörper im Wohnzimmer machte Geräusche. Um den Hausmeister anzurufen, war es zu spät. Ich machte mir einen Tee und suchte im Netz nach Wintermänteln.

Erschrocken über so viel Schwarz, grenzte ich meine Suche mit *Damen-Wintermäntel in Rot* deutlich ein. Rot stand meiner Mutter ausgezeichnet. Es musste ja kein knalliges sein.

Im Traum sah ich meine Mutter, die sich in einem backsteinroten Mantel, ein Vintage-Modell mit weitschwingendem Glockenrock, drehte und lachte. Eine fliegende Untertasse auf zwei Beinen.

*

Mit dem Trolley zwischen den Knien stand ich die eineinhalb Stunden bis Braunschweig im Großraumwagen bei den Gepäckregalen. Der weihnachtlich verpackte Karton mit dem Mantel thronte ganz oben auf einem Stapel fremder Koffer. Eine Platzreservierung war nicht mehr möglich gewesen. Zurück wohl. Heiligabend und die beiden Feiertage schienen mir für meinen Besuch genug. Drei Tage waren nicht zu wenig, wenn es gut lief, und nicht zu viel, wenn das Gegenteil der Fall war.

Der Zug hielt in Wolfsburg. Ein junger Mann schob sich an mir vorbei, um seinen Koffer aus dem Regal zu nehmen. Groß und blond. Wie Leo. Letztes Weihnachten hatte er mich seinen Eltern vorgestellt.

Als ich im Bus nach Hüttach saß, klingelte mein Handy. Meine Mutter. Sie könne mich nicht abholen wegen der Ente im Ofen.

»Die kann ich nicht allein lassen!«

»Kein Problem, ich komm schon klar!« Das meinte ich auch so. Und trotzdem – ich war plötzlich eifersüchtig auf die Ente … *die* wollte sie nicht alleine lassen. Wie häufig hatte sie mich alleine gelassen, hatte sich bei ihrer Mutter nicht durchgesetzt! Ich sah sie vor mir, wie sie nach Erklärungen rang und mit den verdammt geschlossenen Lippen über ihren verdammten, ausgestreckten Zeigefinger fuhr. Ich schlug meinen Kopf gegen das Fenster und ließ ihn schließlich auf das Paket auf meinem Schoß sinken.

Friede auf Erden!

Es roch schon nach Ente, als ich vor der altvertrauten Haustür stand. Ein über die Jahre verwittertes Braun und ich war dankbar, dass kein festlich geschmückter Kranz heile Welt dahinter demonstrieren wollte.

Bei Schraders nebenan blinkte es wie auf einem Jahrmarkt. In meiner Erinnerung stritten sie täglich. Ein kinderloses Ehepaar, das sich ohne Gewissensbisse hätte trennen können. Auch ich würde wohl kinderlos bleiben. Und meine Mutter? Hätte vielleicht eine ganz normale Familie gegründet, wenn ich nicht dazwischengekommen wäre. Ohne mich wäre mit Sicherheit alles anders gelaufen.

Ich starrte auf das helle Viereck, das vom erleuchteten Küchenfenster in den kleinen Vorgarten geworfen wurde. Für einen Moment sah ich ihren Schatten vorbeihuschen. Sogar der wirkte unsicher.

Ich zog einen Handschuh aus und drückte auf die Klingel.

Das Klacken der eiligen Schritte sprach für Schuhe mit Absätzen. Festtagsklänge. Die Schuhe mussten eine Neuanschaffung sein. Anerkennend spitzte ich meinen Mund. Und tatsächlich, sie schien größer, als sie mit einem Lächeln öffnete, dem es nicht wirklich gelang, ihre Nervosität zu überspielen. Sie trug eine mir unbekannte Küchenschürze, darunter eine schlichte weiße Bluse und eine schwarze Hose. Aus den hochgesteckten Haaren hatten sich einige Locken befreit. Das gefiel mir.

Meine Mutter warf sich das Geschirrtuch über die Schulter und ich musste das Paket mit dem Mantel abstellen. Ihr Kuss auf meine kalte Wange hinterließ Spuren von Lippenstift, die sie mit ihrem Daumen wegwischte. Ein winziger Moment, ein bisschen Kümmern.

»In einer halben Stunde könnten wir essen, dann wäre die Ente so weit.« Meine Mutter schloss die Tür hinter uns und wischte sich die Hände an der Schürze ab.

»Vielleicht bin ich aber noch nicht so weit, lass mich doch erst mal ankommen.« Im ungeheizten Flur hängte ich meinen Mantel an die dunkle Garderobe, an der auch noch der von Großmutter hing, den ich damals in den Vorgarten geworfen hatte. Obwohl mir eine Bemerkung auf der Zunge lag, ging ich wortlos mit meinem Trolley nach oben.

Im Gegensatz zum Flur war mein Zimmer überheizt, viel zu warm zum Schlafen. Ich drehte den Thermostat etwas runter. Dann entdeckte ich den Schokoladennikolaus. Er stand neben einer Kerze auf meinem Schreibtisch. Ich setzte mich aufs Bett und bevor Tränen meinen Blick vernebeln konnten, schaute ich auf mein zerflettertes Guns n' Roses-Poster an der Tür.

Ein Kreuz und fünf Totenköpfe. *Appetite for Destruction.* Ich hatte Guns n' Roses nie gemocht. Aber ich war fünfzehn und hatte Lust auf Zerstörung. Mit Türknallen fing ich an. Später schnitt ich Löcher in meine T-Shirts und batikte die weiße Sonntagsbluse in einem Hare-Krishna-Orange. Großmutter nannte mich die Inkarnation der Sünde und als sie entdeckte, dass ich mein Gesangbuch mit der Zirkelspitze perforiert hatte, kam sie aus dem Klagen und Beten gar nicht mehr raus. Ich hatte ihre Verzweiflung genossen. Meine Mutter hingegen ertrug sie kaum.

Für den Heiligabend hatte ich mein dunkelblaues Jersey-Wickelkleid mitgebracht. Damit würde ich vernünftig aussehen. Leo hatte das behauptet. Ich zog mich um und packte meine hellen Locken mit zehn Fingern in eine Haarklammer. Das ging schon immer ohne Kamm und Bürste. Immerhin meine Haare hatte ich im Griff.

»So, jetzt aber!«, sagte ich laut, gab dem Schokoladennikolaus einen Kuss auf die Mütze, schlüpfte in meine Schuhe und ging runter in die Küche.

Meine Mutter hatte die Schürze abgebunden und die ausgebrochenen Haarsträhnen wieder in der Frisur untergebracht.

Ich zupfte aus Protest ein paar Locken aus meiner Frisur, wortlos und von meiner Mutter unbemerkt. Rastlos rannte sie zwischen Herd und Tisch hin und her und winkte meine angebotene Hilfe ab. Die Kerzen auf dem Tisch, die durfte ich anzünden. Ich lobte den schön gedeckten Tisch. Tischdecke, Servietten, zwei kleine Weihnachtssterne: konsequent rot.

»Gibt es Sekt zu den Gläsern?«, fragte ich und ging zum Kühlschrank. Sie schob mich beiseite, öffnete ihn und drückte mir die Flasche in die Hand. Den Korken ließ ich knallen. Ein Startschuss zum Runterkommen.

»Nur noch den Wecker für die Klöße, dann bin ich fertig!«

Mit meiner Mutter am Küchentisch zu sitzen und Sekt zu trinken, fühlte sich wie etwas Verbotenes an. Sie nippte nur, ich dagegen leerte mein Glas zügig und wartete auf die Leichtigkeit und das Kribbeln im Körper. Nach meinem zweiten Glas kam die Ente auf den Tisch. Ich klatschte in die Hände. Meine Mutter lächelte verschämt.

Ich hatte schon Messer und Gabel in der Hand, als meine Mutter ihre Hände faltete. Ich legte das Besteck beiseite. Meine Mutter schloss die Augen. Nach dem abschließenden Amen schaute sie mich ohne Vorwurf im Blick an. Sie wusste, dass ich mit Beten aufgehört hatte, nach dem Grund aber nie gefragt.

Ich war zwölf, als ich feststellte, dass ich ohne das von Großmutter gepredigte Ritual weder essen noch einschlafen konnte.

»Kannst du dich noch daran erinnern, meine erste Übernachtung bei Fiona? Mein erster großer Kampf gegen Großmutter, den ich ganz alleine gewonnen habe?«

Ich hatte einen Vertrag gebastelt, weil die Heulerei nichts gebracht hatte und mit Beistand seitens meiner Mutter nicht zu rechnen gewesen war.

Zwischen unzähligen, bunt ausgemalten Herzen und Kreuzen mein Versprechen, die ganzen Sommerferien über bei der Pflege der herrenlosen Gräber zu helfen und für die Toten zu beten. Mit bewusst gehorsamer Miene schob ich ihr das Schriftstück beim Abendessen über den Tisch.

Großmutter ließ sich mit der Antwort Zeit, hielt mir einen Vortrag über Selbstlosigkeit, bevor sie *in Gottes Namen* sagte. Meine Mutter hatte mir geholfen, Zahnbürste und Schlafanzug einzupacken. Und als ich vor Aufregung hüpfte und sie mir verschwörerisch, den Finger auf den Lippen, signalisierte, leise zu sein, war von meiner Wut, wieder einmal von ihr alleine gelassen worden zu sein, nichts mehr übrig.

Bei Fiona hingen Bilder an den Wänden, viele Stühle standen um einen großen Tisch. Ihr seid doch nur zu dritt, sagte ich zu ihr. Wegen der Besuche, erwiderte sie, als sei es das Normalste auf der Welt. Wenn Oma und Opa aus England kommen oder Mamas Bruder mit seinen vier Kindern oder Papas und Mamas Freunde.

Das gab es bei uns nicht. Besuche. Bei Fiona gab es kein Tischgebet.

Eine Scheibe Hackbraten, Erbsen und Kartoffelbrei lagen auf meinem Teller, ich konnte nicht essen. Nicht ohne Beten. Und schon gar nicht vor aller Augen und Ohren. Ich hatte einen Kloß im Hals und fing vor Aufregung an zu schwitzen.

»Lena, hast du keinen Hunger?« Fionas Mutter sagte Hung-ger. Mit ihren roten Haaren sah sie nicht nur lustig aus, sie war auch lustig. »Too much Kuken am Nakmittag?« Ich schüttelte den Kopf.

Den Hackbraten, die Erbsen und den Kartoffelbrei aß ich erst, nachdem ich auf dem Klo war und dort die Hände gefaltet hatte.

Für alles Gute Lob und Dank!

Die Ausgelassenheit vom Nachmittag war futsch, und als das Licht in Fionas Kinderzimmer schon lange aus war und sie endlich aufgehört hatte zu reden, betete ich unter der Decke drei Vaterunser.

Das Weihnachtliche im Blick meiner Mutter war verschwunden.

»Kämpfen, das habe ich nie gelernt. Dass ich mir mit Sechzehn auf dem Weg ins Büro den Rock bis über die Knie nach oben gezogen habe, war vielleicht so was wie ein Anfang. Aber damit war dann Schluss, als Sibylle gekündigt hatte.«

»Sibylle?«

»Eine Arbeitskollegin. Die war schon was Besonderes. Hatte zwei fast erwachsene Töchter und kam in kurzen Röcken und Schlaghosen mit riesigen Blumenmustern ins Büro. *Miss Germany* hatte sie immer zu mir gesagt und ich solle was draus machen. Zu meinem Geburtstag hat sie mir ein rotes Tuch mit weißen Punkten und einen Lippenstift geschenkt. Das Tuch habe ich mir heimlich in die Haare gebunden, am Lippenstift nur gerochen. Sibylle, die hätte mir Kämpfen beibringen können.«

Ich stand auf und legte die Hände auf ihre Schultern. Sie griff nach einer und sagte »Alles gut.«

Nichts war gut. Aber das ließ sich nicht an einem Abend ändern. Schon gar nicht am Weihnachtsabend. *Oh du fröhliche* tönte aus meinem Smartphone.

Ente, Rotkohl und Klöße auf unseren Tellern waren kalt geworden.

Im Wohnzimmer stand eine kleine Edeltanne auf dem Teewagen.

»Die alten Kugeln gibt es auch noch?«

»Schon seit ich denken kann. Kommen immer wieder in die dafür vorgesehenen Schachteln mit den zwei leeren Fächern. Habe ich dir die Geschichte dazu nie erzählt?«

Ich schüttelte den Kopf.

»Ich hab sie mir als Kind jedes Weihnachten anhören müssen. Standpauke. Großmutter ist sich immer sicher gewesen, dass ich dort bleibe, wo sie mich absetzt. Hat auch lange geklappt. Ich wäre ein bewegungsfaules Kleinkind gewesen. Aber irgendwann habe ich dann wohl den Ehrgeiz gehabt, an die Kugeln zu kommen, die so schön silbern geglitzert haben. Und zwei haben das eben nicht überlebt.«

Die Lichterkette blinkte. Mal schnell, mal langsam, mal gedimmt. Ein programmierter Rhythmus, dem sich meine Gedanken anschlossen. War meine Mutter stolz, als ich meine ersten Schritte machte? War sie überhaupt dabei? Ich erinnerte mich an das blassblaue Laufgitter, das in der Küche stand. Daran, dass Großmutter mich reinstellte, aber nicht, dass sie mich wieder rausnahm. Großmutter schimpfte mit mir, wenn ich am Holz nagte. Immer an der gleichen Stelle. Anscheinend wollte ich schon als Kleinkind ausbrechen.

»Fünfundfünfzig Euro, da war ich doch verrückt, oder?« Meine Mutter zündete die vier Kerzen am Adventskranz an und ich ging in den Flur und holte das Paket mit dem Mantel. Auf der unteren Etage des Teewagens lagen schon zwei Päckchen. Silberpapier und dicke rote Schleifen. Meins stellte ich auf den Fußboden.

»Da hat der Weihnachtsmann was abgelegt. Lass uns doch mal nachschauen.«

Ich sollte zuerst. Schleifenband und Papier behandelte ich mit einer Sorgfalt, die mir Zeit gab, mit der Enttäuschung klar zu kommen, die ich zu erwarten glaubte. Was schenkte man jemandem, den man gar nicht kannte? Und ich spürte, dass ich enttäuscht werden wollte.

Es gelang ihr mit einer Warmhalteplatte und Streublümchenmuster-Bettwäsche. Für zwei. Hatte sie zugehört? Leo war weg! Und der hätte mit Sicherheit lieber auf dem Fußboden geschlafen, als sich mit Streublümchen zuzudecken! Und mein Essen musste ich ihm nie warmhalten, er verschlang es geradezu. Leo liebte, was ich kochte. Und ich liebte Leo, noch immer.

»Praktisch«, sagte ich und wischte mir schnell über die Augen. »Und jetzt du!«

Ich schob ihr das Paket vor die Füße.

Sie fand den Mantel viel zu teuer.

»Zieh ihn doch mal über, ich möchte sehen, ob er passt.«

Es sah umständlich aus, wie sie in den Mantel schlüpfte. Ungeduldig rückte ich die verdrehten Schultern zurecht und forderte sie auf, sich zu drehen.

»Ich möchte sehen, wie er schwingt!«

Der schwere Wollstoff kam nur träge in Bewegung.

Meine Mutter konnte nicht schnell genug wieder aus dem Mantel rauskommen und faltete ihn mit einer Sorgfalt, die auf Dauer schließen ließ.

Als würden wir auf etwas warten, das noch nicht stattgefunden hat, aber als selbstverständlich empfunden wurde, saßen wir auf dem Sofa.

»Schon seltsam, Weihnachten ohne Großmutter.« Meine Mutter seufzte.

Erleichterung oder Kummer, ich wollte es nicht wissen.

»Die Kerzen vom Adventskranz, ich glaube, die sollten wir ausblasen.«

Vier Rauchsäulen kräuselten sich über den verglühenden Dochten und lösten sich auf. Der angekokelte Geruch blieb. Kirchenmief.

Ich ging ins Bett, meine Mutter zur Mitternachtsmesse.

Das Geschirrklappern aus der Küche brachte mir die im Schlaf abhandengekommene Orientierung zurück. Ich schaute auf meine Armbanduhr, dann auf die fünf Totenköpfe an der Tür.

Das alte Federbett lag schwer auf meinem noch trägen Körper und ich dachte an den Tag und was er uns bringen mochte.

Ich würde meine Mutter zum Friedhof begleiten müssen, das hatte ich gestern Abend noch versprochen. Wir könnten wieder den Umweg über die

Kastanie nehmen. Zu Fuß liefen vielleicht auch die Gespräche besser.

»Es riecht nach Schnee«, sagte meine Mutter, als wir uns nach dem Frühstück auf den Weg machten. Gegen den Umweg hatte sie nichts. Sie trug ihren alten dunkelblauen Steppmantel.

Wir gingen nebeneinander, beide hatten wir die Hände in den Taschen, unser Atem schickte Nebelschwaden voraus.

»Ich bin umgezogen.«

»Du bist was?«

»Um-ge-zo-gen!«

»Und was ist mit der Altbauwohnung, von der du immer so geschwärmt hast?«

»Die kann ich mir ohne Leo nicht mehr leisten.«

»Ohne Leo?« Meine Mutter blieb stehen.

»Genau. Ohne Leo.« Ich lief weiter, meine Mutter hinterher.

»Was ist denn mit Leo?«

»Er ist weg. Ausgezogen.«

»Aber warum?«

»Weil ich nie genug bin.« Ich legte noch einen Schritt zu.

»Das verstehe ich jetzt nicht!« rief meine Mutter, die ich ein gutes Stück hinter mich gelassen hatte.

Ich blieb stehen. Schrie in ihre Richtung. »Nähe macht mir Angst!«

Meine Mutter ließ sich Zeit, wieder aufzuschließen. Ihre Hände schob sie so tief in die Taschen, dass der Mantel auf den Schultern spannte.

»Ich dachte immer, du hast vor gar nichts Angst. Deine Stärke, die habe ich immer bewundert.«

»Welche Stärke?«

»Na, Großmutter gegenüber. Und gleich nach dem Abitur bist du ausgezogen und du hast es hingekriegt mit einer eigenen kleinen Wohnung. Und bist nach Berlin gegangen, das hätte ich mich schon mal gar nicht getraut.«

»Vielleicht bin ich aber nur weggelaufen. Das hat mit Mut oder Stärke nicht das Geringste zu tun. Weglaufen ist eben einfacher als Bleiben.«

»In Hüttach?«

»Ach Mama …«

Wir setzten uns wieder in Bewegung. Seit Leo weg war, wollte ich, dass er mich in den Arm nimmt, wollte seinen Geruch inhalieren, wollte, dass wir uns lieben. Und wenn er da wäre? Würde ich mich wieder um Distanz bemühen.

Ich putzte meine Nase, die wegen der Kälte gar nicht mehr aufhören wollte, zu tropfen.

»Du wirst wieder jemanden kennenlernen, da bin ich mir ganz sicher!« Ein halbherziger Trost, genauso halbherzig wie die Berührung auf meiner Schulter.

»Ich habe schon so viele kennengelernt, Mama.«

»So viele?!«

»Wenn man sich nach einer Partnerschaft sehnt, die Partner aber nach einer gewissen Zeit immer wieder weglaufen, da kommt schon was zusammen.«

Meine Mutter keuchte Nebelwolken.

»Überschaubar Mama! Mach dir da mal keine Sorgen.«

Wir waren an der Kastanie angekommen. Zum Hinsetzen war es zu kalt.

»Morgen sollten wir einen Ausflug nach oben machen.« Meine Mutter zeigte mit dem Kinn Richtung Brocken.

Ich nickte. »Bindungsphobie.«

»Vielleicht sind morgen weniger Wolken.«

.

BROCKEN

Wir waren nicht die Einzigen, die nach der Festtagsvöllerei an die frische Luft wollten. Im Bus nach Schierke musste ich mit Fahrgästen verhandeln, damit meine Mutter und ich zusammensitzen konnten.

Familien mit Kindern, Verwandtschaft, Freunde, ältere Ehepaare. Mein Blick auf die ideale Familien-Formel ließ sich nicht abstellen. Vielleicht mit weniger Sehnsucht.

Der Wunsch nach einem Vater war mir allerdings längst vergangen, den hatte ich an meinem siebzehnten Geburtstag mit den neuen Doc Martens Stiefeln in meine Zimmertür getreten. Die Stiefel hatte mir Fionas Mutter aus England mitgebracht.

Nach der Schule hatte ich mir die Haare grün gefärbt. Ich kam aus dem Badezimmer und lief Großmutter direkt in die Arme, die sofort nach Luft rang.

»Wenn du einen Vater hättest …!« Ihre Stimme überschlug sich.

Mit einem Gewinner-Grinsen im Gesicht sah ich ihre Zornesadern anschwellen. Erst als sie in ihr Zimmer gestürzt war und die Tür hinter sich zugeworfen hatte, bemühte sich meine Mutter um

Deeskalation.

»Warum?«

Warum ich keinen Vater habe, schrie ich sie an und haute mit geballter Faust gegen die Wand. Das tat weh, aber ich verzog keine Miene. Meine Mutter schwieg und schob mich mit zitternder Hand in mein Zimmer. Ohne die klobigen Doc Martens Stiefel auszuziehen, warf ich mich aufs Bett, trat demonstrativ gegen das hölzerne Fußende und wartete auf ihren erwartungsgemäß zögerlichen Einwand, dem ich gerne meine Aggression entgegengeschleudert hätte. Nichts. Mit hängenden Armen stand sie wie eine unbespielte Marionette vor meinem Bett.

»Ich war gerade mal so alt wie du jetzt, als ich dich zur Welt brachte«, flüsterte sie endlich.

»Rechnen kann ich auch!«, brüllte ich und drehte mich mit dem Gesicht zur Wand.

»Ich war nicht verliebt, ich war betrunken.«

Der erste Alkohol in ihrem Leben hatte für eine nie gekannte Leichtigkeit gesorgt, die es einfach machte, während der Weihnachtsfeier über die Witze der Kollegen aus der Halle mit den Kupferkesseln zu lachen. Jene Kollegen, die in der Kantine mit dem Besteck auf den Tischen klopften und das Geschirr auf ihrem Tablett tanzen ließen, wenn sie zitternd einen freien Platz suchte.

Sie hatten sie an die frische Luft gebracht. Im Hof der Gaststätte hatte man sie gefunden. Benutzt und liegengelassen.

Ich hatte meine Wut in die Tür getreten, weil meine Mutter mir das Idealbild von meinem nie gekannten Vater zerstört hatte, und es waren auch Tritte für diese Typen, die überhaupt nicht zum Vater taugten.

»Warst du denn irgendwann mal verliebt?«, fragte ich meine Mutter.

»Magdalena!« Einem unterdrückten Zischen folgte ein rascher Blick auf der Suche nach vermeintlichen Mithöreren.

Als wir später in der Bahnhofsgaststätte in Schierke einen Kaffee tranken, weil die Schmalspurbahn vor unseren Augen abgedampft war und wir eine dreiviertel Stunde auf die nächste warten mussten, legte ich meine Hand auf die ihre. Wir hatten beide feingliedrige Hände. Die Hand meiner Mutter fühlte sich kalt an.

»Warst du jemals glücklich?«

Sie zog ihre Hand weg und rührte lange in ihrem Kaffee.

»Glücklich? Ich weiß nicht …«

»Niemals? Nicht einen klitzekleinen Moment?«

»Ich sag mal so, ich habe es nicht vermisst.«

Konnte man überhaupt vermissen, was man nie kennengelernt hatte? Fallschirmspringen, Tiefseetauchen. Musste man erst etwas kennenlernen, um es vermissen zu können? Hatte Großmutter ihr für eigene Bedürfnisse keinen Platz gelassen? *Nehmt es hin, es ist gottgewollt.*

»Also, das stimmt nicht ganz.« Jetzt legte sie ihre Hand auf meine. »Ich war glücklich, als ich dich das erste Mal in den Armen gehalten habe. All die Monate, die ich mich um dich kümmern durfte, war ich glücklich. Ich habe dich nachts in mein Bett geholt, obwohl Großmutter es mir verboten hatte. Ich sollte dich nur zu festgelegten Zeiten stillen. Im Dunkeln habe ich es heimlich gemacht. Ich war süchtig nach deinem Geruch und der Wärme deines kleinen Körpers. Und ich habe gelitten, als ich wieder ins Büro musste und Großmutter sich um dich gekümmert hat.

Wenn ich nach Feierabend nach Hause kam und dich wie so oft weinen gehört habe, hat mich Großmutter schon zurückgezerrt, sobald ich auch nur einen Fuß auf die Treppe gesetzt habe.

Erziehungssache …, irgendwann hättest du die Schlafenszeiten drin. Und manchmal habe ich dich erst am Wochenende gesehen.«

Draußen quietschte die Schmalspurbahn. Ich ließ in Eile einen Zehn-Euro-Schein auf dem Tisch. Das Gespräch blieb auch dort zurück, aber meine Gedanken stiegen mit ein. Ich als Baby in den Armen

meiner Mutter. Ich hätte viel für ein Stückchen Erinnerung gegeben!

Natürlich hatte ich nicht die richtigen Schuhe an für
den Schnee, den der Wind an manchen Stellen
mannshoch zusammengetrieben hatte. Aber ich
hatte auch nicht damit gerechnet, dass wir es diesmal
tatsächlich gemeinsam auf den Brocken schaffen
würden.

Der Wind peitschte uns eisig ins Gesicht, als wir
aus dem Zug stiegen. Der Dampf der Lokomotive
wurde von niedrig hängenden Wolken verschluckt,
wie alles andere auch. Der rotweiß gestreifte Sende-
turm war gerade noch zu erahnen. Meine Mutter wi-
ckelte sich den Schal um den Kopf, so dass nur noch
die Augen zu sehen waren.

»Wollen wir ein Stück den Rundweg gehen? Einfach so weit, wie wir kommen?«, schrie ich in das
Wettergetöse.

Sie nickte und wir stemmten uns wortlos gegen den
Sturm.

Mit jedem Schritt rutschte Schnee in meine Snea-
kers und die zwei Paar Socken, die eigentlich für
Wärme hätten sorgen sollen, waren in kurzer Zeit
völlig durchnässt.

Zähne zusammenbeißen!

Teufelskanzel war auf dem Schild zu lesen. Vermutlich hatten Spaziergänger den Schnee über der

Schrift weggewischt, den der Wind in bizarren Formen über den Rand hinaus auf das Metall getrieben hatte. Ein Aussichtspunkt ohne Aussicht, zumindest heute.

»Wir sollten umkehren!« rief meine Mutter gegen den Wind an. Ein Satz, auf den ich sehnlichst gewartet hatte. Ich gab das Tempo vor, dem meine Mutter klaglos folgte. Mein Ziel war der *Touristensaal*, ein Selbstbedienungsrestaurant ganz in der Nähe der Brockenbahn-Bergstation, von dem ich noch weniger erwartete, als der Name schon vermuten ließ. Ich wollte ins Warme, alles andere war zweitrangig.

Der Geräuschpegel entsprach der Menschenmenge. Die langen Tische waren alle besetzt. Hier und da ein einzelner freier Stuhl, auf dem sich abgelegte Winterkleidung türmte. Es roch nach schnellem Essen, die aufgeheizte Luft trug schwer an der Feuchtigkeit der hereingeschleppten Nässe. Wir stellten uns in die Schlange der Wartenden und ich studierte das Speise- und Getränkeangebot auf den großen Tafeln über der offenen Theke der Essensausgabe.

»Was möchtest du denn?«, fragte ich meine Mutter, die sich den abgelegten Schal und Mütze vor den Bauch drückte.

»Egal. Ich nehme das, was du nimmst.«

Da war sie wieder, diese Unfähigkeit eigene Entscheidungen zu treffen! Ich schickte sie los, freie

Plätze zu suchen.

Zweimal Hefekloß mit Pflaumen. Der heißersehnte Pfefferminztee war bereits abgekühlt, als ich mich zu meiner Mutter setzte, die zwei freie Plätze an einem reinen Männertisch in bester Bierlaune ergattert hatte. Sechsmal Erbsensuppe mit Würstchen und sechsmal blöde Anmache. Wir aßen schweigend unsere Hefeklöße, denen schenkelklopfend die Ähnlichkeit von Titten nachgesagt wurde. Wir aßen unbeeindruckt weiter, doch als die Männer von Nikolausruten grölten, und einer mit seinem von Erbsensuppe tropfenden Würstchen winkte, hörte meine Mutter auf zu essen.

Ich stand auf, zog meine Mutter vom Stuhl, griff nach einer Bierflasche und leerte sie in einen der Teller.

»Und unser Tablett später bitte noch zum Schmutzgeschirr-Wagen bringen«, sagte ich in liebevollem Ton, so wie man mit Kindergartenkindern spricht.

Draußen pfiff uns unmittelbar der Wind um die Ohren.

»Siehst du, das hätte *ich* mich nicht getraut!«

Ich zog meine Mütze tief in die Stirn, legte einen Arm um die Schulter meiner Mutter und dann machten wir uns auf den Weg zur Bergstation.

Die Schmalspurbahn schob sich in blinder Vertrautheit durch die noch dichter gewordenen Wolken.

Erst als wieder Land in Sicht war, fingen wir an zu reden. Sprachen über den Brocken, und ob sich ein weiterer Ausflug lohnen würde. Vielleicht zu einer anderen Jahreszeit und dann mit einer Vesper im Rucksack. Und mit den richtigen Schuhen. Eine Wanderroute ließe sich bestimmt im Internet finden. Am besten ein Rundweg. Nicht zu lang, aber auch nicht zu kurz. Und nur bei schönem Wetter. Wegen der Aussicht.

Hinter uns lag ein gemeinsames Erlebnis, das nicht umsonst gewesen sein sollte. Ein Fundament. Dabei hatte ich mich längst entschieden, keinen Fuß mehr auf diesen Berg zu setzen, der mir als Kind solch ein Sehnsuchtsort gewesen war.

»Mit Großmutter haben wir nur einmal einen Ausflug gemacht«, sagte meine Mutter, als wir im Bus nach Hüttach saßen.

»Die Reise nach Rom. Erinnerst du dich?«

Und wie ich mich erinnerte!

Der Bus, hieß es, würde hundertmal länger brauchen, als nach Clausthal-Zellerfeld. Ich war fünf Jahre alt und die Zahl Hundert ein Mysterium. Aber ich ahnte und freute mich, dass wir lange unterwegs sein würden.

Auf der gesamten Hinfahrt saß ich neben meiner Mutter. »Das ist meine Mama«, sagte ich zu den

Mitreisenden, die mit ihren Händen meine hellblonden Locken berühren wollten. Das Christkind, sagten sie.

Meine Mutter trug einen dunkelblauen Rock, der kratzte, wenn ich meinen Kopf auf ihren Schoß legte. Aber das war mir egal. Ich legte meinen Kopf ganz oft auf ihren Schoß und dann spielte sie mit ihrer Hand in meinen Locken.

»Kannst du nicht immer bei mir sein«, fragte ich ganz leise mit etwas Jammern in der Stimme.

Meine Mutter sah mich von oben an: „Und wer soll das Geld verdienen?"

Ich zeigte auf Großmutter, die vor uns saß. Meine Mutter schüttelte den Kopf.

»Pastor Büssing hatte die Reise organisiert. Billig war sie nicht und wir konnten sie uns auch nur leisten, weil wir die Kindergartengebühren einsparten, worauf Großmutter immer so stolz gewesen ist.«

»Also eine Reise auf meine Kosten!«

Meine Mutter lachte. »Ja, irgendwie schon.«

»Glaubst du nicht, dass mir Kindergarten besser getan hätte, als vom Papst geküsst zu werden?«

»Ich wollte ja auch, aber Großmutter …«

»Aber Großmutter!«

Ich griff nach meinem kleinen Rucksack, der zwischen meinen Füßen stand und ließ mich auf den freien Platz auf der gegenüberliegenden Seite des Gangs fallen.

Den Rest der Strecke schwiegen wir, auch auf dem Weg von der Bushaltestelle bis zur Haustür.

»Greif zu!«, sagte meine Mutter und stellte zur Wiederholung eines Tatorts im Dritten einen Teller mit belegten Broten auf den Couch-Tisch mit den braungeflammten Fliesen. Zwei davon hatten einen Sprung. Das war mein Werk. Großmutter hatte mich nach der Mittleren Reife vom Gymnasium nehmen wollen. Wegen des schlechten Einflusses. Der hatte einen Namen: Fiona.

Ich hatte mir den bronzenen Kerzenständer geschnappt, damit in der Luft rumgewedelt und schließlich auf den Tisch gehauen. Es blieb bei den beiden Sprüngen und ich auf dem Gymnasium.

Ich hatte weder Lust auf einen wiederholten Tatort noch auf belegte Brote.

»Von Rom bis Hüttach musste ich neben Großmutter sitzen! Geweint habe ich, bis ich leer war. Großmutter hat wie immer gebetet und du hast wie immer nichts unternommen!«

Mit dem Zeigefinger folgte meine Mutter dem Riss von einer Fliese zur nächsten, dann griff sie nach der Fernbedienung und machte den Fernseher ganz aus.

»Es tut mir so leid.«

Ein Flüstern. Und als bestünde Gefahr, noch mehr kaputtzumachen, ließ sie den Finger über dem Sprung in der Keramik schweben.

»Meine Großmutter hieß auch Anna. Die ging, da war meine Mutter gerade mal sechs Jahre alt. Ins Wasser. In den Tümpel hinter dem Bauernhof.«

Mit der flachen Hand wischte sie über die kaputte Stelle auf dem Tisch.

»Und ich heiße Anna, weil es eine Anna brauchte, die bleibt, die sich nicht einfach aus ihrem Leben davonmacht.«

»Und Magdalena? War das auch Großmutters Entscheidung? Magdalena, die strohblonde Sünderin, Frucht einer Vergewaltigung?«

Meine Mutter weinte leise, und ich rückte an ihre Seite, bis wir uns ganz leicht berührten.

Trotz der trockenen Ränder von Käse und Wurst auf den belegten Broten, bestand ich darauf, sie zum Frühstück zu essen und packte mir sogar noch welche für die Rückreise ein.

Wann ich denn das nächste Mal wieder käme, fragte meine Mutter.

»Hättest du nicht Lust, nach Berlin zu kommen?«, aber dann fiel mir meine Erdgeschosswohnung in der Martin-Luther wieder ein.

»Lass uns telefonieren. Irgendwas wird sich schon ergeben.«

Im Zug machten mich die belegten Brote traurig.

FARBE

Der Jahreswechsel hatte für mich etwas von einem neuen Schulheft, auf das man in Schönschrift seinen Namen setzt und dessen weißen unangetasteten Blättern man bis zur letzten Seite Sorgfalt verspricht.

Der Zustand meiner Wohnung entsprach mehreren vernachlässigten Schulheften.

Ich musste erst am zweiten Januar wieder ins Büro und wusste, dass ich die Feierabende in Zukunft nicht mehr in diesem Chaos verbringen wollte. Allerdings fehlte der Absicht die notwendige Begeisterung. Die nahm ich mir für morgen vor und suchte verzweifelt nach der Fernbedienung.

Bauhaus ... wenn's gut werden soll!

Die Tagesschau ließ ich ausfallen.

»Det kriegen wir schon allet irgenwie rin.« Der Taxifahrer zerstreute meine Bedenken und schob die Leiter über den Beifahrersitz nach vorne. Farbe, Pinsel und alle anderen Notwendigkeiten verschwanden im Kofferraum. Ich hatte mich schließlich für ein Agaven-Grün entschieden, nachdem ich schon zu viel Zeit vor der Wand mit den Farbmustern verbracht hatte.

Zuhause klebte ich ab und verhüllte, was keine Farbe abbekommen sollte, aber da, wo sie ihren Platz fand, löste sie bei mir mehr aus, als ich zu träumen gewagt hatte. Das fertige Zimmer schaute fremd, aber einladend aus, und auch ich fühlte mich gänzlich anders. Ich war überwältigt.

Das Einschlafen fiel mir schwer, das Aufwachen ein Glücksmoment.

Keine Stunde später stand ich erneut im Baumarkt vor der Wand mit den Farbmustern. Diesmal ging alles viel schneller, dafür dauerte es länger, jemanden zu finden, der mir die Farbe anrührte.

Blau-Grau fürs Schlafzimmer und Vanille-Gelb für die Küche. Und wäre am letzten Tag im Jahr noch jemand für die Tapeten zuständig gewesen, dann hätte ich die mit den kleinen Rauten in zarten Gelb- und Grautönen sicher auch gleich bestellt.

Die anschwellende Knallerei ließ mich auf die Uhr schauen. So unbemerkt hatte sich das alte Jahr noch nie von mir verabschiedet. Ich pinselte Zwanzigzwanzig in Blau-Grau auf eine freie Stelle und machte ein Foto. Es hatte schon schlechtere Silvesterfeiern gegeben, mit und ohne Partner. Ich schrieb

Leo unter die Zwanzigzwanzig und überrollte ihn mit mehr Farbe als nötig.

Der Korken schoss im Badezimmer an die Decke. Wie ein Versprechen schäumte der Sekt aus der Flasche und in mein Glas hinein. Ich stieß mit meinem Spiegelbild an, tippte auf den angeklebten Vorsatz und beschloss, die Farbspritzer im Gesicht zu lassen.

Den Rest der Nacht verbrachte ich auf dem Sofa. Das Schlafzimmer roch zu sehr nach frischer Farbe. Ich schlief ausgiebig wie schon lange nicht mehr.

Das Tageslicht weckte die agavengrünen Wände. Ich blieb liegen und schaute zu, ohne jede Absicht aufzustehen. Ein schwaches, aber ausdauerndes Klingeln zwang mich schließlich vom Sofa. Das Handy. Es lag im Schlafzimmer.

Meine Mutter. Mir fiel niemand anderes ein. Das Klingeln verstummte. Ein tonloser Appell zurückzurufen.

Eingehüllt in meine Decke ging ich rüber. Das Blau-Grau hatte über Nacht seine feuchte Dunkelheit verloren und von den beschlagenen Scheiben tropfte es aufs Fensterbrett. Ohne die Folie zu entfernen, legte mich aufs Bett. Es knisterte. Auch in mir drinnen.

Als sich meine Mutter meldete, rief ich »Happy New Year!«, schon wegen der guten Laune, die in diesen drei Worten mitklang.

Sie entschuldigte sich, nicht um Mitternacht angerufen zu haben, sie sei eingeschlafen, nichts habe sie wachgehalten.

»Und du?«, fragte sie. »Wie bist du reingekommen?«

»Ziemlich bunt!«

»Party?«

»Wandfarbe.«

Ich schwärmte vom Agaven-Grün und dem Grau-Blau, und heute sei die Küche dran.

Vanille-Gelb.

»Du solltest auch Farbe in dein Leben lassen!«

»Spielst du auf meine Kleidung an?«

»Ich denke da großflächiger, Mama! Die trostlosen Wände in Hüttach. Ein bisschen Farbe kann schon ganz schön viel bewegen, dann kommt alles andere wie von selbst.«

»Ich habe mir überlegt, im März zu dir nach Berlin zu kommen. Ist das schon mal was?«

»Das ist was …«, sagte ich nach einer kurzen Pause, »das ist grandios!«

FIONA

Im Februar klebte ich die Tapete mit dem Rautenmuster an die dafür vorgesehene Wand in der Küche. Meine Mutter sollte sich wohlfühlen, nur das Rauschen des Verkehrs würde ich für sie nicht abstellen können. Selbst hatte ich mich schon daran gewöhnt. Ich wunderte mich, wie schnell das gegangen war und warum ich mich nicht genau so schnell an andere Unannehmlichkeiten gewöhnen konnte. Meine Kollegen zum Beispiel. Seit achtzehn Jahren arbeitete ich in diesem Büro und seit achtzehn Jahren sehnte ich den Feierabend und die Anonymität einer überfüllten U-Bahn herbei. Der immer wieder gepredigte Teamgedanke nahm mir die Luft. Den Gemeinschaftssinn pflegen! Ich brauchte keine Gemeinschaft. Schon in der Schule nicht. Fiona ausgenommen. Fiona hatte mir beigebracht, wie man Freundschaft schließt. So, wie sie mir auch Englisch beibrachte, nachdem ich mit der ersten Klassenarbeit eine Fünf eingefahren hatte. Fiona behauptete, eine Muttersprache *und* eine Vatersprache zu haben. Fionas Mutter war Engländerin. Ich mochte sie. So eine Mutter hätte ich auch gerne gehabt. Vatersprache fand ich auch gut.

Die Nähe zu Fiona löste nicht diese Angst in mir aus, gleich wieder wie ein angefahrenes Tier zurückgelassen zu werden. Das änderte sich erst, als sie sich in diesen Torben mit den langen Haaren und der tiefen Stimme aus der Oberstufe verliebte.

Ich war regelrecht erleichtert, weil er an einer Fünfzehnjährigen aus der Neunten gar nicht interessiert war.

Von Dennis bekam Fiona ihren ersten Kuss, von dem sie mir bis ins letzte Detail erzählte. Die Zeit, die sie fortan mit ihm verbrachte, verbrachte sie nicht mit mir. Jeden Morgen auf dem Weg zur Schule quälte ich mich mit einer Hoffnung, von der ich genau wusste, dass sie sich zerschlagen würde.

An dem Tag, an dem Dennis mit Fiona Schluss machte, lag auch ein Brief neben meinem Teller. Meine Versetzung war gefährdet und Großmutter außer sich. Ich zeigte nicht die Spur von Reue. Zu groß war meine Freude gewesen, als mir Fiona unter Tränen vom Ende der Beziehung berichtet hatte. Auch ich weinte, wenn auch nicht aus Mitgefühl. Fiona drückte mich, dass mir die Luft wegblieb. Aber vielleicht hatte ich vor lauter Glück auch einfach das Atmen vergessen.

»Ich habe dich jeden Tag vermisst!«, sagte ich und drückte sie ebenfalls, während es zur ersten Stunde läutete.

»Lass uns Mathe schwänzen und ins Café Brandt gehen!«

Aus Fionas Mund klang das, als hätten wir ein Recht darauf. Sie war die Unerschrockenheit in Person, aber nicht nur dafür bewunderte ich sie. Fiona konnte auf andere zugehen und Probleme klären. Ganz einfach. Kein Schuljahr, in dem sie nicht zur Klassensprecherin gewählt wurde. Sie hätte alle und jede zur Freundin haben können und ich hörte gar nicht auf, mich zu wundern, dass gerade ich ihre beste Freundin sein durfte.

»Warum verliebst du dich nicht auch mal?«

Wir hatten Kakao mit Sahne bestellt und ich versuchte, mit dem Löffel die weiße Kuppe in der Tasse zu versenken.

»Weiß nicht. Interessiert mich nicht.«

»Da braucht es kein Interesse, das passiert einfach so.«

»Dann ist es bei mir eben noch nicht passiert.« Auf meiner Untertasse schwamm Kakao.

»Wart's ab!« Fiona lachte und boxte mir auf den Oberarm.

Ich wollte gar nichts abwarten. Ich wollte Fiona für mich ganz allein.

Auch die Doppelstunde Englisch war mittlerweile vorbei, wir teilten uns eine Cola und sprachen übers Abi, das wir auf jeden Fall gemeinsam machen wollten.

»Egal was kommt!« Fiona hob ihr Glas und trank es aus, ohne abzusetzen.

»Hoffentlich kein Dennis!«

»Nee, aber der Christian aus der Zwölf …«. Sie rülpste ganz offensichtlich mit Absicht und dann lachte sie.

»Du bist so was von blöd!«

Zu Deutsch in der Fünften waren wir wieder zurück.

Viel zu lange hatte ich geistesabwesend mit dem Quast Kleister auf der letzten Bahn verteilt. Aufgeweicht, wie sie jetzt war, konnte ich sie in den Müll werfen.

Der Rest der Rolle reichte in der Länge, allerdings stimmte der Musterrapport nicht mehr. Ich würde meine Mutter auf Fehlersuche schicken, wenn sie hier war. Wahrscheinlich würde sie abreisen, ohne ihn gefunden zu haben. Ich wollte sie scheitern sehen und fühlte mich schlecht dabei.

ANDERE GELEGENHEITEN

Obwohl ich es schon ahnte, war ich wütend auf meine Mutter, als sie anrief, um mir mitzuteilen, dass sie wegen dieser Pandemie nicht kommen könne. Ich hörte nicht heraus, ob sie es wirklich schade fand, wie sie sagte, aber vielleicht wollte ich es auch gar nicht wissen. Ich wollte, dass sie schuldig ist, sagte ihr aber nur, dass es andere Gelegenheiten geben werde.

Wie viele Gelegenheiten hatten wir schon ungenutzt gelassen? Ich räumte den Frühstückstisch ab, ohne gefrühstückt zu haben. Den Becher mit dem Tee ließ ich stehen, holte mir eine Zigarette und rauchte am offenen Fenster. Eine Woche Urlaub hatte ich mir genommen. Für meine Mutter und mich. Ein heftiger Wind trieb den hinaus geblasenen Qualm wieder in die Küche zurück. Ich fror, blieb aber stehen. Dachte, dass das äußere Leid vielleicht vom inneren ablenken könnte.

Schließlich schloss ich das Fenster und setzte mich an den Tisch. Vor mir der abgekühlte Tee. Manchmal half es, an die Reise nach Rom zu denken: Mein Kopf auf dem kratzigen Schoss meiner Mutter, ihre Hand in meinen Haaren. Aber eben nur manchmal.

Ich schüttete den Tee ins Spülbecken und schaute hinterher. Ohne Umwege fand er den Weg zum Abfluss.

Dabei fiel mir ein, dass ich mich immer noch nicht um einen Therapieplatz gekümmert hatte. Ich hasste mich. Ich hasste meine Mutter. Ich hasste die ganze Welt! Das Vanillegelb in der Küche konnte gerade nichts dagegen ausrichten.

Vier Links zu Psychotherapiepraxen lagen seit Tagen in meinen Lesezeichen. Reingeschaut hatte ich noch nicht. Trotz meines Auswahlkriteriums ›weiblich‹, gab es darunter einen Mann, für den ich mich letztendlich auch entschied. Der einzige Grund: Sein Terminvorschlag. Der lag noch in weiter Ferne.

Dr. Michael Rademacher. Der Tonfall eines Seelsorgers. Für mich unerträglich, aber das Datum stimmte. Ob ich ernsthafte Absichten habe, fragte er, wegen des großen Andrangs.

»Sie können sich auf mich verlassen«, sagte ich und zog wiederholt die hingekritzelten Zahlen mit einem Bleistift nach. Später trug ich den achtundzwanzigsten August im Küchenkalender ein.

Kein Grund, um zu dieser Tageszeit eine Flasche Rotwein aufzumachen. Oder vielleicht gerade? Es war der teuerste aus dem Supermarktregal. Den hatte ich mit meiner Mutter trinken wollen. Jetzt trank ich ihn alleine und ganz ohne Feierlaune. Mit Glas und

Zigarette lehnte ich mich aus dem Fenster, versuchte, die lästigen Gedanken dem zuverlässig rollenden Verkehr zu überlassen, und schaute auf das gelbe Meer der Osterglocken, das dem Mittelstreifen der Martin-Luther-Straße das Winterbraun genommen hatte. Noch vor ein paar Tagen hatten sie für Aufbruchstimmung gesorgt.

Der Wein schmeckte nicht nach Achtzehnneunundneunzig

HOMEOFFICE

Barbara rief mich an, ob ich zu Hause Internet habe. Von da an arbeitete ich vom Küchentisch aus. Erst mal, sagte sie. Kann ruhig so bleiben, dachte ich, als es damit losging. Arbeitszeiten selbst bestimmen, Haarewaschen aufschieben, Kleidung egal, keine Kollegen.

Meine Rückzugsoase verließ ich nur, um in den Supermarkt zu gehen.

In den Schaufenstern aller möglichen Läden hingen selbstgenähte Masken wie Wäsche auf der Leine. Sogar in dem kleinen Elektrogeschäft, das mit einer übersichtlichen Zahl ausgefallener Designerlampen seit Jahren dem Untergang trotzte. Ich kaufte für meine Mutter eine in Schwarz und eine in Türkis mit roten Punkten. Die wollte ich ihr ohne Worte in einen Umschlag stecken.

In den Blumenladen ging ich wegen einer quietschgrünen Maske im Paisley Muster. Ich probierte sie an, wie eine Bluse in einer Boutique und ging mit drei blauen Hyazinthen in einer Pflanzschale zur Kasse.

Draußen nahm ich die Maske wieder ab, gehörte ich doch zu den Wenigen, die damit rumliefen. Es waren überhaupt weniger Leute als sonst auf den Straßen unterwegs.

Für meine Kopfschmerzen machte ich die Hyazinthen verantwortlich. Ihr Duft klebte in meiner vanillegelben Küche. Lüften war sinnlos. Ich verbannte sie auf die Außenfensterbank und schaute ihnen von drinnen beim Wachsen zu.

Als dürften sie keine Zeit verlieren, schoben sie sich mit zunehmender Blütenpracht weiter in die Höhe und neigten sich bedrohlich unter dem eigenen Gewicht, was ihnen letztendlich zum Verhängnis wurde.

Am nächsten Morgen entdeckte ich sie zertreten auf dem Bürgersteig.

Ich fühlte mich einsam.

PAKETE

Ich fing an, mich zu vernachlässigen, ging in Jogginghose und T-Shirt ins Bett, brauchte keine geordnete Frisur und keine geregelten Mahlzeiten. Ich störte mich auch nicht am Geschirr, das sich in und neben der Spüle stapelte, und selbst der Turm aus Pizzakartons mit seiner Drohung, gleich umzukippen, konnte mir nicht den notwendigen Ruck verpassen. Auf meine Fähigkeit in Sachen Disziplin war offensichtlich kein Verlass mehr.

Ich fühlte mich dauermüde. Nicht selten stand ich erst gegen Mittag auf, die Tage lösten sich namenlos ab. Barbaras Stimme am Telefon konnte ich Unzufriedenheit entnehmen, ohne dass offen Kritik geübt wurde. Ich war sicherlich nicht die Einzige, die lernen musste, mit den neuen Gegebenheiten zurechtzukommen.

Die Akten und Unterlagen, die ich zu bearbeiten hatte, wurden mir entweder von Herrn Kracht oder von Frau Müller vorbeigebracht. Das geschah meist am Spätnachmittag, deswegen raste mein Herz, als es an einem dieser namenlosen Tage schon gegen zehn Uhr klingelte.

Barfuß und auf Zehenspitzen schlich ich zur Tür und drückte mein Auge an den runden Spion.

Im vom Weitwinkel verzerrten Treppenhaus stand ein Mann in gelb-roter Uniform und Schirmmütze mit einem Paket unterm Arm. Der Kopf ein hastiges Auf und Ab, so wie ein Vogel auf der Hut vor möglichen Feinden. Sein Feind schien die knappe Zeit, und gerade als er gehen wollte, öffnete ich die Tür einen Spaltbreit.

»Rosa …« er schaute angestrengt auf den Adressaufkleber. »Pe …racka. Die ist nicht da. Würden Sie …«

Ich streckte schon meinen Arm durch den Spalt und griff nach dem Paket, woraufhin der Mann das Unterschreiben auf dem Display selbst erledigte. »Wegen Virus«, sagte er und dann war er weg.

Rosa Przeracka. Ich schob die Tür wieder zu. »Wie soll man das denn aussprechen? Ich kenne die ja gar nicht. Wie denn auch, ich kenne ja überhaupt niemanden in diesem Haus.« Ich hörte meiner eigenen Stimme zu, was schon lange niemand mehr getan hatte.

»Prtscherracka, Pertscheracke, Pscheracka.« Ich nahm mir vor, nach der richtigen Aussprache zu fragen, wenn das Paket abgeholt wurde.

Es klingelte am Abend, zu spät für Herrn Kracht oder Frau Müller. Mit frisch geföhnten Haaren und gebügelter Bluse öffnete ich die Tür mit einem Schwung, als würde ich alte Bekannte erwarten.

»Pscheratschka. Rosa Pscheratschka, bei Ihnen muss ein Paket abgegeben worden sein.«

Sie nahm es mit knappem Dank und einem freundlichen Lächeln entgegen, und ich dachte, dass ihre Zähne etwas von der Unordnung der Buchstaben in ihrem Nachnamen hatten. Dann schloss ich die Tür und fühlte mich plötzlich zurückgelassen, so, als hätte man mich irgendwo vergessen.

Am nächsten Tag klingelte es zweimal. Ein flaches, sperriges Paket für einen Rolf Ziegler und ein kleines, aber relativ schweres für eine Susanne Hinze.

Herr Ziegler stand eine halbe Stunde später vor meiner Tür, einen kleinen grauen Schnauzer an der Leine. Auch Herr Ziegler war ergraut. Ich vermutete Rentenalter.

»Da loof ich nur mal ein paar Minuten mit die Töle um die Ecke!«

»Macht nix«, sagte ich und hätte gerne gewusst, was in dem Paket ist. Beim Tragen wollte er sich nicht helfen lassen.

»Ist doch nur ein Stockwerk höher!« Der Hund folgte ihm und zog die Leine hinter sich her.

Während ich am Küchentisch saß und die Akte ›Bergmann-Horn‹ bearbeitete, versuchte ich mir Susanne Hinze vorzustellen. Ein wasserstoffblondierter Bubikopf mit sichtbarem Haaransatz, nicht ganz schlank, mittelgroß, um die Dreißig und möglicherweise stark geschminkt. Ich wartete auf ihr Klingeln, bis es dämmrig wurde.

›Bergmann-Horn‹ war abgeschlossen, von Susanne Hinze keine Spur. Zum Abendessen machte ich eine Dose Ravioli auf. Ich nahm mir vor, auch endlich wieder richtig zu kochen. Gleich morgen früh wollte ich einkaufen gehen, aber auf keinen Fall Susanne Hinze verpassen.

Den verblühten Narzissen auf dem Grünstreifen der Martin-Luther-Straße folgten Tulpen. Keine Osterglocken zu den Feiertagen. Dafür aber das passende Wetter. Das Licht und die angenehmen Temperaturen trieben die Menschen nach draußen. Wo es möglich war, saßen sie in der Sonne. Kaffee in Pappbechern, Bier aus der Flasche, der mitgebrachte Wein auch schon mal stilvoll aus Gläsern.

Neuerdings gab es Abstandsregeln, denen sich das aufbrechende, zarte Grün an Bäumen und Büschen nicht fügen musste. Zum Supermarkt nahm ich Umwege. Ich genoss das Unterwegssein, wollte das Ankommen hinauszögern. Dann aber dachte ich an DHL und beim Anblick all der geschlossenen Läden wuchs gleichzeitig die Hoffnung, weiterhin als Anlaufstelle genutzt zu werden. Das praktische Erdgeschoss!

In vier Tagen war Ostern und in den Supermarkt-regalen warteten noch immer Armeen von Schoko-ladenhasen auf Kundschaft. Ich überlegte, ob ich mir einen kaufen sollte, entschied mich aber schließlich dagegen. Ich wollte den Feiertagen nicht allzu viel Aufmerksamkeit schenken.

Zwei Tage später kam einer mit der Post. Meine Mutter hatte mir ein Päckchen gepackt. Seit ihrer Absage hatte ich sie nicht mehr angerufen.

Ich war gerade dabei, mit einem scharfen Küchen-messer das Klebeband aufzuschlitzen, als Susanne Hinze klingelte.

Dünn und rothaarig. Raucherstimme. Sie habe die Benachrichtigung erst jetzt im Briefkasten gefun-den, wünschte mir ein frohes Osterfest und war auch schon wieder verschwunden. Das machte mir dies-mal nichts aus, ich wollte zurück zu *meinem* Päck-chen.

In grellgrünem Holzwollgras saß ein Goldhase mit Glöckchen am Hals. Darunter ein Kuvert mit Oster-karte.

Die Handschrift meiner Mutter. Wieder etwas von ihr, das ich nicht kannte. Ich drückte mir die Karte an die Nase.

Sie sei in Homeoffice, schrieb sie, habe die letzte Woche mit Ausmisten zugebracht, wünschte mir ein schönes Osterfest und schlug vor, Sonntag zu telefonieren. Die beiden Fotografien seien ihr während des Räumens in die Hände gefallen.

Mein erster Schultag. Julias Mutter hatte die Fotos gemacht. Wir hatten keinen Fotoapparat.

Ich schloss das Fenster. Plötzlich störte mich der Verkehrslärm.

Das erste Foto zeigte mich im geblümten Baumwollkleid, den Kopf geneigt, als würde ich gebannt in meine Schultüte schauen. Das Gesicht kaum zu erkennen. Das zweite mit nach vorne gerichtetem, ernstem Blick an der Seite von Julia mit ihrem Zahnlückenlachen. Meine Banknachbarin. Mir war an diesem Tag überhaupt nicht zum Lachen gewesen. Keine Großmutter, die mir sagte, was ich zu tun und zu lassen hatte, die mich vor der lauernden Sünde da draußen in Schutz nahm. Jetzt war ich draußen und fürchtete mich entsetzlich. Als die Erwachsenen das Klassenzimmer verlassen mussten, und meine Mutter mir beim Hinausgehen kurz zuwinkte, fing ich an zu zittern. Meine Lehrerein, Frau Schnabel, fragte, ob mir kalt sei. Ich schüttelte den Kopf und starrte auf das schwarz-blaue Karomuster ihrer Bluse, das mich ganz schwindelig machte.

Frau Schnabel war der dickste Mensch, den ich je gesehen hatte. Aber Frau Schnabel machte mir keine Angst. Frau Schnabel hatte eine Stimme, der ich stundenlang zuhören konnte. Keine Bibelgeschichten, bei denen mich Großmutter jedes Mal fragte, ob ich das Gleichnis verstanden hätte.

Frau Schnabel lächelte viel und hörte damit auch nicht auf, wenn sie versuchte, mich zum Sprechen zu bringen. Vom ersten Schultag an sagte ich keinen Ton, dabei hätte ich ihr gerne aus der Fibel vorgelesen, wo ich doch schon so viel weiter war, als der Rest der Klasse. Aber es ging nicht.

Frau Schnabel wollte mit meiner Mutter reden, aber dann war es Großmutter, die hinging. Danach musste ich mit ihr in die Kirche. Beten sollte helfen.

Tat es aber nicht.

Julias Bruder hatte auf dem Schulhof auf mich gezeigt und seine Schwester gefragt, ob ich das Mädchen sei, das nicht sprechen könne.

»Kann ich aber!«, rief ich trotzig. Ein paar Tage später las ich im Unterricht vor.

Ich fuhr mit der Hand über die beiden Fotos, auf denen nur die Farben ihre Kraft verloren hatten, und machte das Fenster wieder auf. Ohne auf den Sonntag zu warten, wählte ich die Nummer meiner Mutter.

»Mama?« Ich heulte ins Handy, ohne meine Mutter zu Wort kommen zu lassen, sagte, dass ich Sonntag wieder anrufe und legte auf.

Dem Hasen riss ich die Goldfolie herunter. Es knackte, Schokoladensplitter fielen auf den Boden. Stück um Stück stopfte ich ihn in mich hinein.

OSTERN

Das gedämpfte Rauschen des Straßenverkehrs war sparsamer als an den gewöhnlichen Sonntagen. Das Fest der Auferstehung. Ich beschloss, liegenzubleiben.

Jesus Christus, er lebt! Er führt auch uns von der Dunkelheit ans Licht, von der Trauer in die Freude, von der Enge in die Freiheit, vom Tod zum Leben.

Das Gebet mit Großmutter vor dem österlichen Kirchgang.

Ich schloss die Augen. Großmutter. Im schwarzen Sonntagskleid und einem feinen, feierlichen Lächeln auf den schmalen Lippen, das jedoch der üblichen Strenge im Gesicht nichts anhaben konnte.

Wie gerne hätte ich an den Osterhasen geglaubt! Wie gerne hätte ich auf der Dorfwiese hinterm Haus nach Schokoladeneiern gesucht! Bei Julia versteckte der Hase die Eier im angrenzenden Wald, das Suchen, erzählte sie, dauerte immer Stunden.

Ich musste nicht suchen. Von meiner Mutter bekam ich eine Zellophantüte mit buntem Oster-Allerlei.

Mein Versprechen, anzurufen, hämmerte in meinem Kopf. Ich drückte mir ein Kissen ins Gesicht, wollte verschwinden. Das Kissen roch muffig, brachte mich auf andere Gedanken. Wann hatte ich zuletzt die Bettwäsche gewechselt? Ich stand auf. Den Rollladen zog ich nur zögerlich nach oben, damit ich mich an das grelle Licht des sonnigen Ostermorgens gewöhnen konnte.

Der Trubel im Tiergarten am Nachmittag übertraf meine Vorstellung um ein Vielfaches. Die Wege staubten und die Grünflächen schauten nur aus der Ferne intakt aus. Es hatte seit Wochen nicht geregnet und kahle Flecken in einem sandigen Grau verwandelten das lockende Grün aus der Nähe betrachtet in einen zerschlissenen Teppich. Darauf spielten Kinder in Sommerkleidern, Jugendliche und Erwachsene lagen auf ausgebreiteten Decken, wenn sie nicht zu Fuß oder mit dem Rad unterwegs waren.

Ich suchte eine freie Bank, nicht zu abgelegen, um nicht mit meiner Mutter allein zu sein, wenn ich mit ihr telefonierte.

»Ich sitze im Tiergarten. Die halbe Stadt ist im Tiergarten. Habt ihr auch so schönes Wetter?«

»Geht es dir wieder besser?«, fragte meine Mutter.

Ich malte mit der Fußspitze Kreise in den staubigen Sand.

»Ja, es geht mir besser.« Mit dem ganzen Fuß wischte ich die Kreise wieder weg.

»Warum hast du geweint?«

Zwei angeleinte Windhunde trabten vorbei. Gebogener Draht. Ich schaute ihnen hinterher.

»Glaubst du, dass Windhunde glücklich sind?«

»Wie kommst du jetzt auf Windhunde?«

»Ich finde sie hässlich. Wusstest du, dass es die schon vor viertausend Jahren gab? Nach dem Gepard das schnellste Tier auf vier Beinen.«

»Magdalena?«

»Mama?«

»Geht es dir wirklich besser?«

Ich schob mit beiden Füßen einen Haufen aus staubigem Sand zusammen.

»Mit Windhunden werden Rennen veranstaltet. Die tragen Nummern auf ihren ausgemergelten Körpern und man kann wetten, wer als erster durchs Ziel kommt.»

»Magdalena, lass das doch mal mit den Hunden!«

»Ich bin nicht so schnell wie Windhunde und ich laufe immer in die falsche Richtung. Ich laufe weg.«

»Du läufst weg? Wovor läufst du denn weg?«

»Das Thema hatten wir schon. Lass uns ein andermal nochmal drüber reden.« Ich stand auf, holte mit dem rechten Bein aus und ließ eine Staubwolke aufwirbeln.

»Danke für den Osterhasen, schon aufgegessen!«

»Das ist schön«, sagte meine Mutter.

Zu den Fotos sagte ich nichts.

JUREK

Vom Büro ließ sich mittlerweile niemand mehr blicken. Weder Herr Kracht noch Frau Müller standen vor meiner Tür, um Mappen mit Belegen und Unterlagen abzugeben oder wieder mitzunehmen. Alles wurde eingescannt und erreichte mich in meiner Küche digital. Erstaunlicherweise fehlten mir nicht die Aktenberge, die ich von links nach rechts schob, mir fehlten die Menschen, die sie vorbeibrachten. Der kurze Moment der Übergabe an der geöffneten Wohnungstür, der für ein Gefühl von Zugehörigkeit ausreichte.

Von den rot-gelben DHL-Lieferwagen ließ ich mich weiterhin gerne ablenken. Immer wieder unterbrach ich meine Arbeit und schaute zum Fenster, ob nicht einer zum Stehen kam und wartete auf das Klingeln.

Rolf Reinhard, Siglinde Bredow, Teresa Molinari, Ünal Hasir, Muharrem Arslan, Erika Fink, Jurek Palitsch und Mathis Peeters.

Abgesehen von einem knappen Dank wurde bei der Übergabe nie viel geredet. Mit dem Abstand, den es zu halten galt, gingen offensichtlich auch die Worte auf Distanz.

Lediglich mit Susanne Hinze kam es zu kurzen Gesprächen. Sie arbeitete in einer Wäscherei und schien sich auf meine Anwesenheit zu verlassen. Herrn Ziegler traf ich gelegentlich auf meinen Runden an der Apostel-Paulus-Kirche, wo der kleine Schnauzer auf den wenigen Grünflächen sein Geschäft verrichteten sollte. Ich grüßte jedes Mal geradezu überschwänglich.

Jurek Palitsch ließ sich drei Tage Zeit, bevor er sein Paket bei mir abholte.

»Ist schon spät, ich weiß.«

»Kein Problem«, sagte ich, noch immer den Geschmack der Zahnpasta im Mund, die ich eilig ins Waschbecken gespuckt hatte, »ich bin ja noch wach.«

Er sah nicht aus, wie *mein* Jurek Palitsch. Überhaupt lag ich jedes Mal schief mit meinen Vorstellungen zu den Namen der Adressaten.

Jurek Palitsch hatte ungefähr meine Größe und wirkte sehr kompakt. Übergewichtig oder Muskeln, das war unter der voluminösen Steppjacke nicht erkennbar. Ich vermutete eher Muskeln, bei dem kantigen Gesicht. Mehr oder weniger mein Jahrgang.

Die Entschuldigung für *Doppeltspät* winkte ich mit einem Lächeln ab.

Er habe nur geklingelt, weil er von der Straße aus noch Licht im Fenster gesehen habe.

»Ein Haarschneidegerät.« Er wedelte mit dem Päckchen in der Luft. »Das werde ich heute noch einsetzen!« Demonstrativ fuhr er sich mit fünf Fingern durch das wirre Aschblond.

Jurek Palitsch. Möglicherweise Pole. Dabei hatte ich nicht auch nur den kleinsten Akzent ausmachen können, aber den hatte Rosa Przeracka ja auch nicht. Wahrscheinlich hier geboren und aufgewachsen.

Irgendwann muss sich jemand auf den Weg gemacht haben. Die Großeltern? Die Eltern? Einer, der zumindest den Nachnamen rüber retten konnte? Die Gedanken hielten mich vom Einschlafen ab. Den Rest der Nacht lag ich wach. Über meine Familie wusste ich kaum etwas.

*

Er habe hinten keine Augen und niemanden, den er darum bitten könne, und da ich ja schon das Paket … Jurek hielt mir den ausgepackten Haarschneider entgegen. »Einen Frisörtermin zu bekommen, ist gerade aussichtslos. Die haben nach der Corona-Zwangspause ellenlange Wartelisten.«

»Kein Problem!«, sagte ich und dachte, wenn die Frisöre ihre Türen wieder aufmachen dürfen, dann darf ich das auch.

»Meine Disziplin sind Steuererklärungen, mit Haaren habe ich weniger zu tun«, warnte ich, als ich die Tür hinter uns schloss. Ich musste lachen. Vorne ein schlechter Kurzhaarschnitt, hinten eine zerfurchte Restmähne.

»Ich weiß, ein paar Stufen höher bei der Einstellung hätten meiner Frisur sicher gutgetan.«

»Das ist keine Frisur!« Mein Lachen ließ sich nicht abstellen. Das war mir peinlich.

Wir gingen in die Küche. Er setzte sich unaufgefordert auf den Stuhl, den ich unter dem Tisch hervorzog.

»Ich bleibe bei vier, wegen der Einheitlichkeit, da musst du jetzt durch!« Ich duzte ihn einfach, hatte das Gefühl, dass er irgendwie dazugehörte, er, der erste Mensch in meinem neuen Zuhause, an meinem Küchentisch.

»Einverstanden. Aber bevor du loslegst, wäre es schön, wenn ich wüsste, wie du heißt.«

»Lena«, sagte ich, drapierte ein Handtuch über seine Schultern und fuhr mit dem Gerät vom Nacken aufwärts über den Hinterkopf. Meine linke Hand lag dabei auf einer Schulter, die nahm ich schnell wieder zurück, obwohl das meine ungewohnte Tätigkeit erschwerte, was sich im Ergebnis deutlich zeigte.

Ich gab Jurek meinen Kosmetikspiegel.

»Für eine Steuerberaterin mehr als gelungen!«, sagte er und schaute auf die Haarberge auf dem

Küchenfußboden. »Das muss ich ja dann irgendwie wieder gutmachen.«

Ich stellte die angebrochene Flasche Wein auf den Tisch und holte zwei Gläser aus dem Schrank.

»Ein bisschen Gesellschaft reicht mir schon«, sagte ich und schenkte ein.

»Sieht nach Homeoffice aus.« Jurek zeigte auf meinen Laptop und die Zettelwirtschaft.

»Geniale Sache. Darf meinetwegen zur festen Einrichtung werden«, sagte ich und fragte mich im selben Moment, warum ich log.

Jurek war Physiotherapeut und Homeoffice für ihn keine Option.

»Und was ist mit Corona? Haben die Patienten keine Angst?«

»Wenn du Schmerzen hast, machst du dir in diese Richtung keine Gedanken. Aber stimmt schon, sind weniger geworden.«

Er hob sein Glas, wollte mit mir anstoßen.

Ob ich hier allein wohne, fragte er und schwärmte von meiner vanillegelben Küche und der Tapete mit dem Rautenmuster. In seiner Wohnung würde der weibliche Einfluss definitiv fehlen.

Ich verschluckte mich und konnte gar nicht mehr aufhören zu husten. Jurek klopfte ziemlich grob auf meinen Rücken.

»War das jetzt der Physiotherapeut oder der Pole?«

Jurek lachte. »Der Pole.«

»Palitsch. Hatte ich also recht!«

»Der Name ist das Einzige, was mir mein Vater hinterlassen hat. Der hat sich verpisst, da war ich noch nicht auf der Welt.«

»Und deine Mutter?«

»Ist eine lupenreine Berlinerin. Das einzige Wort, das sie auf Polnisch kann, ist *Ulubiony*. Das heißt Liebling. Sagt sie heute noch zu mir.«

Ich schenkte vom Rotwein nach, und sagte, dass ich jetzt erst mal eine rauchen müsse. Jurek lehnte sich mit mir aus dem Küchenfenster. Ohne Zigarette.

Meine Mutter hat nie *Liebling* zu mir gesagt.

VÄTER

Ich kehrte gerade Jureks Haare zusammen, als mein Handy klingelte. Statt ranzugehen, ging ich in die Hocke und ließ das Aschblond durch meine Finger rieseln. Ein Stück Jurek. Ich wusste nicht, ob ich wollte, dass er wiederkommt. Ich hatte Angst, dass er eines Tages bleiben würde, um dann irgendwann doch zu gehen. Ich mochte ihn, weil er seinen Vater nicht kannte. Eine Gemeinsamkeit, die mich neugierig machte.

Der Deckel des Treteimers schnellte scheppernd in die Höhe. Ich zögerte, ließ die Haare auf dem Kehrblech und nahm den Fuß vom Pedal. Der Deckel fiel zurück und im selben Moment klingelte mein Handy erneut.

Meine Mutter. Ich spürte, wie schwer es ihr fiel, einen Anfang zu machen. Während wir beide nach Worten suchten, überlegte ich angestrengt, wie unser letztes Telefonat geendet hatte.

»Wovor läufst du weg?«, platze meine Mutter in das Schweigen, als seien wir noch mitten im Gespräch, das schon Wochen zurücklag. Ich erinnerte mich. Die Windhunde.

»Hallo Mama!«, sagte ich, »wie geht es dir?«

Sie wusste es nicht. Zumindest habe die Pandemie *ihr* Leben nicht auf den Kopf gestellt. Ihr seien die geschlossenen Kinos und Theater egal und ihre Haare hätten noch nie einen Frisör gebraucht.

»Gibt es gerade gar nichts, über das du dich freust oder ärgerst?«

»Ich würde mich schon freuen, wenn du mir erzählen würdest, wovor du wegläufst. Aus Hüttach bist du ja auch weggelaufen.«

»Aber nie angekommen.«

»Und was ist mit Berlin?«

Ich hatte keine Lust, ihr zu erklären, dass das nichts mit Entfernung oder Ortswechsel zu tun hat.

»Berlin ist nicht die Lösung meiner Probleme.«

»Magdalena, welche Probleme denn?«

»Lena, Mama! Nenn mich bitte Lena!«

»Du bist mir dann aber so fremd.«

Ich lachte kurz auf: Das Gegenteil wäre wohl *vertraut*.

»Für mich fühlt sich Magdalena fremd an.«

»Aber so steht es in der Geburtsurkunde.«

»Da würde ich generell für ein Mitspracherecht plädieren!«

»Wie soll das denn funktionieren?«

»Lohnt sich, drüber nachzudenken.«

Kürzlich habe sie im Stammbuch den Namen ihrer Patin gesucht, der ihr entfallen war.

»Was heißt *entfallen*, ich kannte sie ja gar nicht. Beim Aufräumen habe ich ihr Taufgeschenk gefunden. Eine Ente in Silber an einem Ring aus Elfenbein. Großmutter hatte mir von ihr erzählt. Heidelinde Waidelich. Die Frau von Arno Waidelich. Er war der Chef von Kurt, also deinem Großvater. Die Waidelichs waren ihre Ersatzfamilie, sie musste sich da um die beiden Kinder kümmern.«

»Die Armen!«

»Ich weiß nicht, ob die arm waren, ich glaube, Großmutter war in dieser Zeit eine ganz andere. Die war heilfroh, von ihrem Vater und dem Bauernhof wegzukommen. Dagegen sei die Arbeit bei den Waidelichs ein Kinderspiel gewesen.«

Ich erinnerte mich an Großmutters Klagelieder. Dass sie sich mit sechs Jahren um ihren Vater und den gesamten Haushalt hatte kümmern müssen, die Lücke füllen, die ihre Mutter hinterlassen hatte. Daran hatte ich mir ständig ein Beispiel zu nehmen.

»Die haben sich nie mehr bei uns gemeldet.«

»Dafür wird Großmutter wohl selbst gesorgt haben!«

Ich trat auf das Pedal des Mülleimers und leerte das Kehrblech.

»Meldest *du* dich wieder?«

Ich sagte, dass jetzt die Frisöre wieder öffnen durften und dass wir sobald wie möglich Pläne machen sollten.

»Du könntest nach Hüttach kommen. Corona hat hier noch keinen Fuß reinbekommen.«

Ich musste laut lachen. »Nicht einmal ein Virus hat Bock auf dieses Kaff!« Meine Mutter lachte auch.

»Ich freue mich so, dich wiederzusehen«, sagte sie mit einer Stimme, aus der das Lachen verschwunden war.

»Das kriegen wir hin. Aber jetzt muss ich erst mal ins Büro und gefrühstückt habe ich auch noch nicht.«

»Du gehst ins Büro?«

»Eigentlich bin ich schon da. Ich stehe in der Küche.«

»Kirche?«

»Küche!«

»Es gibt auch keinen Gottesdienst mehr. Wusstest du das? Und weißt du was, auch das fehlt mir nicht. Das macht mir Sorgen.«

»Das muss dir keine Sorgen machen. Verlass dich auf dein Gefühl, damit bist du schon auf einem guten Weg.«

»Wohin?«

»Darüber reden wir in Hüttach.«

»Du kommst also?«

»Schaun wir mal, wie sich die Dinge entwickeln. Aber jetzt muss ich wirklich an die Arbeit. Ich wünsche dir einen schönen Tag, Mama.«

»Ich dir auch, Lena.«

*

Jurek klingelte am Freitagabend und brachte eine Flasche Wein mit. Wir waren nicht verabredet, aber insgeheim hatte ich mit seinem Besuch gerechnet. Er sprach von Revanche und hielt mir die Flasche entgegen. Wir gingen in die Küche.

Ich schaute zu, wie er die Flasche entkorkte und die Gläser füllte. Das hatte etwas Vertrautes, als würden wir regelmäßig zusammensitzen.

»Ich habe vor, in nächster Zeit zu meiner Mutter nach Hüttach zu fahren.«

»Hüttach?«

»Ein Dorf im Harz.«

Jurek schaute auf seinem Handy nach.

»Da kommst du also her. Zonenrandgebiet.«

»Das war gestern.«

»Auf die Wiedervereinigung!« Jurek stieß sein Glas heftig gegen meins, und während ich den verschütteten Rotwein wegwischte, dachte ich an die schwierige Wiedervereinigung mit meiner Mutter.

»Meine Mutter möchte sich von dort gar nicht wegbewegen. Nicht, weil sie das Dorf ins Herz geschlossen hätte, sondern weil sie sich dann überhaupt bewegen müsste. Sie hat es sich in ihrem Elend gemütlich gemacht!«

»Vielleicht empfindet sie das gar nicht so, das Elend.«

Was empfand meine Mutter überhaupt? Heute Morgen hatte sie nicht gewusst, wie es ihr ging und sie hatte mir fast ein bisschen leidgetan. Jetzt ging mir ihre Schicksalsergebenheit auf die Nerven.

»Sie hält aus.«

»Was?«

Ich war mir nicht sicher, ob ich Jurek meine komplette Lebensgeschichte auftischen wollte. Ich fing vorne an, mit der Gewissheit, dass ich aufhören konnte, wann ich wollte.

»Wojtyla. Johannes Paul II. Genau hier hat er mir seinen Kuss aufgedrückt.« Ich zeigte auf die Stelle auf meiner Stirn. »Da war ich Fünf und mit meiner Mutter und meiner Großmutter in Rom.«

»Krass!«

»Ich hab da null Erinnerung dran, aber für meine Großmutter war das ein Halleluja. Ein Zeichen von ganz oben. Die war geradezu pathologisch religiös. Von diesem Kuss an wurde ich zu ihrer Lebensaufgabe, und meine Mutter hatte sich nur noch ums Geldverdienen zu kümmern. Eine Wochenendmutter, die sogar abwesend war, wenn sie anwesend war.«

Jurek sagte nichts.

»Vermisst du deinen Vater?«

»Ich hatte Rudi. Der zog bei uns ein, da war ich noch nicht in der Schule, also etwa fünf, wie du bei deinem Papstkuss.«

»Offensichtlich ein Alter für Umbrüche!«

»Ich mochte ihn. Hab immer Rudi zu ihm gesagt, nie Papa. Er hat mit mir Fußball gespielt und ist mit mir ins Stadion gegangen. Hertha-Fan. Ich hab nur so getan. Fußball ist bis heute nicht so mein Ding. Ich war achtzehn, als er wieder ausgezogen ist. Dass sie sich auseinandergelebt hatten, war mir gar nicht aufgefallen. Wir haben aber noch Kontakt, treffen uns manchmal auf ein Bier.«

Jurek lachte und goss Wein in die Gläser.

»Auf unsere Väter!«

»Du hast von deinem wenigstens einen Namen. Von meinem weiß ich nur, dass er ein Vergewaltiger war. Auf den trinke ich schon mal gar nicht!«

Eilig stand ich auf und ging mit Zigarette und Weinglas zum Fenster. Jurek sollte nicht sehen, dass ich weinte.

»Meine Mutter war sechzehn. Weihnachtsfeier der Brauerei. Sie hatte dort einen Bürojob. Den hat sie heute noch.«

Ich blies den Rauch nach draußen und kehrte Jurek weiter den Rücken zu. »Meine Mutter hatte an diesem Abend zum ersten Mal Alkohol getrunken. Der wirkte. Sie kann sich an nichts mehr erinnern, nur dass sie in einem Krankenhausbett aufgewacht ist.

Im Hof der Gaststätte hatte man sie gefunden.« Ich schnippte die Zigarette auf den Bürgersteig und schloss das Fenster.

»Ein Arschloch!«

»Es sollen mehrere Arschlöcher gewesen sein.« Ich ging zurück zum Tisch.

»Hätte man den Vater nicht ausfindig machen können? Ich bin mir nicht sicher, aber gab es damals noch keine DNA-Tests?« Jurek drehte sein Glas zwischen den Fingern.

»An der Wahrheit war meine Großmutter nicht interessiert. Der Schande kein Publikum verschaffen, das war ihr wichtig.« Ich leerte meins in einem Zug.

»Und deine Mutter? Wollte sie nicht wissen, wer derjenige war, der …?«

»Meine Mutter! Die hat sich ihr ganzes Leben lang ihrem Schicksal ergeben!« Ich schenkte nach.

»Und du? Keine Rachegedanken?«

»Enttäuschung, Wut. Ich hab davon erst an meinem siebzehnten Geburtstag erfahren. Bis dahin habe ich mit Phantombildern in meinem Kopf gelebt. Wunschdenken und jede Menge Sehnsucht. Was hätte ich schon davon, wenn ich ihn aufspüren würde? Nach vierzig Jahren! Ähnlichkeiten abklopfen, mich fürs Blödchen-Blond bedanken, ihm meine Senk- und Spreizfüße vorwerfen?«

Wir mussten beide lachen.

Jurek sagte, dass er seinem Vater immer ähnlicher werde. Zumindest würde das seine Mutter behaupten. Die große Nase, die gleiche Stimme. Angst habe sie gehabt, dass sich auch das Aggressive, das Unkontrollierbare bei ihm durchsetzen könnte.

Vermisst habe er den Vater nie, dafür hätten die Großeltern gesorgt, und später sei dann Rudi dagewesen.

»Hast du Kinder?«

»Keine Kinder, ledig, ungebunden.«

Das beruhigte und beunruhigte mich gleichermaßen.

TIRAMISU

Ab dem 25. Juni sollte der Zugverkehr nach Italien wieder aufgenommen werden. Ich wollte aber gar nicht nach Italien, Hüttach stellte mich schon zufrieden. Ich sagte meiner Mutter, dass ich Donnerstag, den achtzehnten, käme und bis Sonntag bliebe. Es dauerte eine stille Weile, bis sie *schön* sagte und ich spürte, wie sehr sie sich freute.

Auch ich freute mich. Meine Sehnsucht nach Zugehörigkeit ließ mich seit dem Gespräch mit Jurek über unsere abwesenden Väter nicht mehr los.

Füreinander da sein. Mich mit Vorwürfen zurückhalten, wenn ich verstehen wollte, warum unser Leben in diese trostlose Richtung marschiert war.

Ich erkannte meine Mutter schon von Weitem. Sie trug das gelbe Sommerkleid. Die Arme eng um den Körper geschlungen, schaute sie in die Richtung, aus der der Bus kam. Offensichtlich fror sie. Die Sonne stand schon tief und hatte die sommerlichen Temperaturen gleich mitgenommen.

Diesmal suchte ich nicht nach ersten Worten, hatte mir nicht einmal Gedanken dazu gemacht. Ich stellte meinen kleinen Rollkoffer ab und dann rückten unsere Körper wortlos zusammen.

Auf der Dorfwiese hinter dem Haus blühte der Löwenzahn. Ein Meer aus Gelb. Ein Gelb, wie das Kleid meiner Mutter. Diesmal wollte ich alles richtig machen.

Auch meine Mutter schien Vorsätze gefasst zu haben. Das zeigte sich in jedem Kartoffelpuffer, den sie mir frisch aus der Pfanne auf meinen Teller legte. Die Apfelmusreste leckte ich vom Teller, genau so, wie es mir als Kind verboten worden war, und genau so, wie ich es später aus Protest genüsslich getan hatte. Gleichzeitig blickten wir zum Gekreuzigten und lachten Tränen.

Den hölzernen Jesus hängten wir am nächsten Tag ab. Wir schoben den Tisch in die Mitte der Küche, stapelten die Stühle darauf, zogen Herd und Küchenschrank von der Wand und rührten in der Farbe. Ein zartes Gelb. So zart wie die Bereitschaft meiner Mutter, der Küche einen neuen Anstrich zu verpassen.

»Darf ich dich mal was fragen?« Mit der farbgetränkten Rolle walzte ich eine Spur auf das abgenutzte Weiß meiner Kindheit. »Warum warst du immer so gefügig und hast alles, aber auch alles getan, was Großmutter von dir verlangt hat? Zumindest habe ich dich immer so erlebt. Blinder Gehorsam, niemals widersprechen, niemals aufbegehren. Hast du nie daran gedacht, alles hinzuschmeißen, nix wie raus hier, dein eigenes Ding machen?«

Den Kopf geneigt, rührte meine Mutter weiter in der Farbe. Auf dem bloßen Nacken kringelten sich einzelne dunkle Locken. Ich streckte meine Hand aus, wollte sie berühren, da, wo sich die Wirbel abzeichneten, aber dann richtete sie sich auf, und fing an zu reden.

»Das wirst du dir gar nicht vorstellen können, welch eine Überwindung es gekostet hatte, im Café eine Kürbissuppe zu essen und in einer Frauenzeitschrift zu blättern! Ganz normale Handlungen, aber für mich ein Kraftakt! Ich hatte etwas getan, was mir mein ganzes Leben lang als Verfehlung gepredigt worden war.« Mit der Hand fuhr sie sich über Mund und Kinn.

»Eigene Entscheidungen treffen … die Angst steckt mir heute noch in den Knochen. Ich warte tatsächlich ständig auf Großmutters Stimme, auf ihre Einwände, die Zurechtweisungen! Und das kannst du jetzt glauben oder nicht, ich hatte auch schon an neue Farbe an den Wänden gedacht. Hast mich ja zur Genüge bedrängt! Und wie du siehst, alleine habe ich es nicht geschafft. Ich bin nicht wie du. Ich bin nicht stark.«

Den Gekreuzigten hängten wir nicht wieder auf. Ich brachte ihn in Großmutters Zimmer. Meine Mutter protestierte nicht, im Gegenteil, sie spazierte mit glänzenden Augen und einem zufriedenen Lächeln um den Tisch herum.

»Wenn ich das nächste Mal komme, ist das Wohnzimmer dran, und bis dahin könntest du dir Gedanken zur Farbe machen. Und jetzt habe ich Lust, zu feiern! Verdient haben wir's. Vielleicht in der Stadt im *Ribollita*, da kann man draußen sitzen.«

»Hattest du dort nicht während deiner Ausbildung an den Wochenenden bedient?«

»Und Karsten kennengelernt.«

Karsten. Mit ihm war ich damals nach Berlin gegangen. Ob ich ihn wiedererkennen würde, wenn er mir auf der Straße begegnete? An meinen ersten Kuss, an Karstens Zunge in meinem Mund, daran konnte ich mich erinnern. Mir war übel, aber die Möglichkeit von hier wegzukommen, hatte mich vieles ertragen lassen.

»Zweimal Spaghetti Carbonara und einen halben Liter Rotwein.«

Unsere Masken legten wir wie Servietten neben die Teller. Meine Mutter versuchte genauso geschickt wie ich, die Nudeln auf die Gabel zu drehen. Das gelang ihr nicht immer. Aber der Wein tat gut. Sie kicherte, ich musste lachen.

»Weißt du, was Tiramisu heißt?«, fragte ich sie, als der Ober den Nachtisch brachte. Sie schüttelte den Kopf.

»Heb mich hoch! Tira mi su!«

Meine Mutter kicherte nicht mehr. Sie weinte.

»Das ist doch nur Italienisch!«, sagte ich, stand auf und legte meine Arme um ihren Hals.

»*Heb mich hoch*, das waren genau deine Worte, wenn du wolltest, dass ich dich aus dem Laufstall nehme. Ich durfte nicht.«

Ihr Weinen wurde zu einem Schluchzen, bebte durch den ganzen Körper.

Es dauerte, bis sie sich wieder beruhigt hatte. Wir waren die letzten Gäste, der Ober sichtbar ungeduldig. Mit dem Trinkgeld war ich großzügig.

TONI

Ich war noch nie so entspannt aus Hüttach zurückgekehrt.

Der Abschied war uns beiden schwergefallen. Meine Mutter winkte dem Bus hinterher, als würde ich für immer nach Amerika oder sonst wohin auswandern.

Viel zu schnell waren unsere gemeinsamen Tage verflogen. Das, was ich mir eigentlich vorgenommen hatte, war nicht wirklich zur Sprache gekommen, dennoch hatte ich ein gutes Gefühl: Wir würden weiter aufeinander zugehen können. Und irgendwann würden wir reden, über all das, was so viele Jahre unausgesprochen geblieben war.

Als der Zug in Berlin einfuhr, dachte ich an Jurek. In die unerwartete Vorfreude auf ein Wiedersehen schlich sich auch ein klein wenig Beklemmung. Ich hatte Angst, mich in ihn zu verlieben.

Der Bahnhof wirkte ohne seine übliche Betriebsamkeit gespenstisch. Mir fiel auf, dass von den wenigen Reisenden einige mit Rad ein- oder ausstiegen. Raus aus der Stadt, coronafreies Gelände gewinnen, ins Grüne rollen.

Hatte ich meine Mutter jemals auf einem Fahrrad gesehen?

Die Idee, ihr eines zum Geburtstag zu schenken, ließ mich zur U-Bahnstation rennen, als gelte es, keine Zeit zu verlieren. Nächste Woche war ihr Siebenundfünfzigster. Ich hatte nicht den geringsten Zweifel, dass es ihr Spaß machen würde, in die Pedale zu treten. Die Richtung dürfte sie dann selbst bestimmen.

Jurek meldete sich erst am Wochenende. Bis dahin verbrachte ich vier Tage zwischen zunehmender Enttäuschung und abwehrendem Trotz. Natürlich ergaben sich aus einmal Haareschneiden und zwei miteinander ausgetrunkenen Flaschen Weins noch längst keine Verpflichtungen. Und trotzdem!

Am Küchentisch erzählte ich Jurek von den Kartoffelpuffern und dem Malereinsatz bei meiner Mutter, dass ich bald wieder hinfahren würde, und dass dann das Wohnzimmer dran sei. Und dass mein Geschenk für ihren Geburtstag am Donnerstag noch nicht eingetroffen war.

Ich hatte das Rad im Internet bestellt, aber wegen großer Nachfrage gab es Lieferprobleme.

»Du weißt ja«, hatte meine Mutter mit einem Lachen entgegnet, »mit Geduld kann ich bestens.« Über ihr schicksalergebenes Hinnehmen konnte sie mich noch immer gewaltig ärgern.

»Und wie war die Stimmung?«, fragte Jurek.

»Ungewöhnlich gut«, sagte ich und schaute zum Fenster, als würden da draußen die Erinnerungen vorbeiziehen. »Geradezu harmonisch.«

»Das ist doch schon mal was.«

Schon mal was. Für mich war das schon *Glück*. Aber das sagte ich Jurek nicht. Es erschien mir so neu und ungewohnt, dass ich mir selbst noch nicht sicher war, ob ich es glauben wollte.

»Ein bisschen feiern?«, schlug er vor. »Bei dem Wetter irgendwo draußen!« Ich hatte nichts dagegen, mit Jurek draußen zu sein. War ich ja noch nie.

In der Eisenacher Straße pulsierte trotz Corona mit all seinen Vorschriften das Leben, als gäbe es kein Morgen. Jurek schob mich durch das Samstagabendgewimmel, seine Hände auf meinen Schultern, was mich zu meiner Verwunderung nicht störte.

Freie Plätze bei reduzierter Außenbestuhlung zu finden, war nicht einfach, auf unser Bier mussten wir lange warten. Die Gläser setzten wir gleichzeitig an, schauten uns dabei kampfeslustig in die Augen und tranken ganz ohne Abmachung um die Wette.

Ich hätte gewonnen, wenn ich mich nicht verschluckt hätte. Mein Handy klingelte.

Meine Mutter. Ich rief zurück, als ich nicht mehr husten musste.

Sie klang aufgeregt. »Warte, ich mache das mit diesem Video!« Nach viel Gewackel sah ich eine kleine rotgetigerte Katze auf dem Sofa im Wohnzimmer.

»Die hat einfach vor der Haustür gesessen.« Die Augen meiner Mutter strahlten, als sie kurz in die Kamera schaute. »Ich hab sie reingenommen, weil es so regnete. Die ist noch ganz winzig! Schau!« Sie hielt ihre Hand zum Vergleich daneben. »Ich habe ihr Eigelb in etwas Milch gegeben, sie hat alles aufgeschleckt. Schau!« Jetzt hielt sie eine kleine blankgeputzte Edelstahlschale in die Kamera.

Ich brachte kein Wort heraus.

»Wenn sich niemand meldet, behalte ich sie.« Wohnzimmeransichten stolperten über mein Display, begleitet von der zärtlich lockenden Stimme meiner Mutter.

»So eine kleine Süße bist du … auf meinen Schoß? Na, dann komm mal her.« Das Stolpern hörte auf, dafür erschien ein Standbild von der Deckenlampe. Ich drückte den Anruf weg und warf das Handy auf den Tisch.

»Was war das jetzt?« Jurek schaute mich an.

»Meine Mutter kümmert sich gerade um eine zugelaufene Katze!« Ich war so laut, dass es um uns herum plötzlich ganz still wurde.

»Und deswegen bist du wütend? Deine Mutter hat offensichtlich ein Herz für Tiere.«

»Und was ist mit mir?«, schrie ich, sprang auf, griff nach meinem Handy und stürzte an den Tischen vorbei auf die Straße.

»Jetzt warte doch! Was ist denn los?« Jurek versuchte, mich einzuholen.

Ich rannte bis zur Martin-Luther-Straße, stürmte in meine Wohnung und warf mich auf das Sofa im Wohnzimmer. Jurek blieb mit hängenden Armen stehen.

»In deinem Wohnzimmer war ich ja noch nie. Gemütlich!« Er schob die Hände in die Hosentaschen und schaute sich eher hilfesuchend um.

»Ein Scheiß ist das!«, schrie ich, »*Gemütlich* reicht mir nicht! Ich habe mein ganzes Leben lang vor der Tür gestanden, aber *mich* hat sie nicht reingelassen!«

Zum Wein, den Jurek aus seiner Wohnung geholt hatte, schüttete ich mein Herz aus. »Eine Mutter, die sich kümmert, so wie Mütter das halt tun, so eine hatte ich mir immer gewünscht! Ich weiß bis heute nicht, ob sie mich liebt, ich weiß nicht mal, wie sich das anfühlen müsste! In meinen Locken hätte sie jeden Tag spielen dürfen, hat sie aber nicht. Das hätte mir das so verdammt notwendige Vertrauen gegeben. Nix. Großmutter hat mir nach ihrer abgedrehten, religiösen Anschauung die Welt erklärt, aber damit komme ich in dieser Welt nicht wirklich zurecht. Jurek, ich möchte endlich zurechtkommen!«

Jurek hörte zu, sagte wenig, schenkte nach. Später meinte er, es sei jetzt bestimmt nicht verkehrt, eine Nacht drüber zu schlafen. Dann ging er.

Ich blieb auf dem Sofa liegen und starrte ziemlich lange die Decke an. Eine Katze! Mit dem Wunsch, dass bald irgendjemand vorbeikommen und sie wieder abholen würde, schlief ich ein.

Jurek klingelte gegen Zehn. Ich war schon lange wach, lag aber immer noch auf dem Sofa, und sortierte Gedanken, die gestern in meinem Kopf für Verwüstung gesorgt hatten. Mit dieser Aufgabe wäre ich gerne allein geblieben, stand dann aber doch auf und ließ ihn rein. Er hatte Brötchen mitgebracht. Ich brühte Kaffee auf.

»Gut geschlafen?«

»Viel nachgedacht.«

Ich stellte Teller auf den Tisch. Jurek holte Tassen aus dem Büffet.

Butter, Marmelade und Honig. Mehr konnte ich nicht bieten, aber das brachte mich nicht in Verlegenheit. Bei Leo wäre das noch der Fall gewesen. Bloß keinen Auslöser für Unzufriedenheit schaffen! Kompensation für all das, was ich sonst nicht liefern konnte. Ich schaute Jurek an, der wie selbstverständlich an meinem Küchentisch saß und ein Brötchen aufschnitt. Ich hätte ihm stundenlang dabei zuschauen können.

»Worüber hast du nachgedacht?«

»Über die Katze.«

»Und?«

»Ist halt ne Katze.« Ich nahm ein Brötchen und rammte mein Messer rein.

»Ne Katze…« Jurek ließ Honig vom Löffel tropfen. »Ich kann dich ja verstehen, da bekommt eine Katze die Zuneigung, die dir dein ganzes Leben abging. Aber zeigt das nicht auch, dass deine Mutter Fortschritte macht? Wolltest du nicht, dass sie sich öffnet, emotionaler wird?«

»Eine Katze …«

»Na und? Ist doch egal, wem sie sich emotional öffnet. Sie tut es.« Jurek schleckte sich die Finger ab. »Warum muss man jedes Mal kleben, wenn man ein Honigbrötchen isst?«

Ich pulte das Innere aus meinem Brötchen und steckte es mir in den Mund. Mit dem Kauen ließ ich mir Zeit. Ich musste nicht reden.

»Und was ist mit der guten Stimmung, von der du erzählt hast?" Jurek sprach mit vollem Mund. „Außerdem können Tiere wunderbare Therapeuten sein.«

Ich schluckte. Doktor Rademacher! Der Termin rückte unaufhaltsam näher.

»Das war das letztes Honigbrötchen in meinem Leben … ich schwöre!« Jurek ging zur Spüle und wusch sich die Hände.

Ein Honigbrötchen-Problem. Ich lachte kurz und kraftlos.

Das Fahrrad wurde am vierundzwanzigsten Juli geliefert. In der Zwischenzeit hatten meine Mutter und ich noch zweimal telefoniert, beide Male war sie es, die angerufen hatte. Ich musste mir jedes Mal die Katze anschauen, die nach einem Besuch beim Tierarzt ein Kater geworden war, die erste Impfung erhalten hatte und inzwischen auf den Namen Toni reagierte. Ich bemühte mich, das Körbchen mit dem bunten Kissen, den Kletterbaum und das Katzenklo in der Küche zu bewundern, sagte »Hallo Toni«, wenn sein rot getigertes Köpfchen mein Display ausfüllte, und kämpfte danach mit einer mehrstündigen Übelkeit.

»Du weißt schon, dass ich noch nie auf einem Rad gesessen bin?« Ein Vorwurf war nicht herauszuhören, und ich war froh, dass ich mir nicht schon wieder diesen Toni-Kater anschauen musste.

»Nimm die Lippen vom Finger! Gefällt es dir wenigstens?«

»Woher willst du wissen, ob ich die Lippen am Finger habe?«

»Hast du?«

»Magdalena!«

»Lena!«

Natürlich hatte ich mich schon erkundigt. Beim Allgemeinen Deutschen Fahrrad-Club in Clausthal-Zellerfeld wurden Kurse für Erwachsene angeboten. Ich gab meiner Mutter die Telefonnummer und musste mir dann doch noch den Toni-Kater anschauen. Er war gewachsen.

*

»Er heißt Jurek.«, sagte ich Fiona am Telefon.

»Dein Therapeut?«

»Nein, ein guter Freund.«

»Oh … und wie gut?«

»Nicht, wie du dir das vorstellst. Aber ein sehr guter Freund. Wohnt im Vierten.« In Wahrheit dachte ich immer öfter darüber nach, ob Jurek mich attraktiv fand. Ein idiotischer Gedanke, ging es mir doch immer darum, keine unerwünschte Aufmerksamkeit zu wecken. Die Angst, dass er doch mehr als meine Freundschaft wollen könnte, hatte sich in den Wochen unseres Zusammenseins gelegt. Obwohl mir seine Zurückhaltung mehr als recht war, fing ich an, mich zu schminken, wenn wir verabredet waren. Im Schlussverkauf erstand ich ein Sommerkleid mit einem Ausschnitt, den ich durchaus etwas waghalsig fand. Jurek hatte hingeschaut, mehr nicht.

»Und was ist mit der Therapie?«

»Das Vorgespräch steht noch aus.«

»Bleib bitte dran, damit das mit dem guten Freund noch besser wird!« Fiona lachte.

Dabei hatte sie gerade nicht viel zu lachen. Wegen steigender Inzidenzen waren die Lockerungen der Corona-Vorsichtsmaßnahmen in England wieder eingestampft worden. Das bedeutete Homeoffice und den beiden Mädchen beim Distanzunterricht zur Seite stehen zu müssen.

»Fehlt nicht mehr viel, und ich bin auch reif für eine Therapie.« Für das Abfeiern meines Vierzigsten in London sah sie schwarz.

»Nichts ist mehr planbar. A big fuck-up!«

Ich plante, Jurek zu fragen, ob er schwul sei.

ROBERT

Mit Doktor Rademacher sprach ich am Montag in der letzten Augustwoche zweimal. Das erste Telefonat ging von ihm aus. Ich sollte den in den nächsten Tagen anstehenden Termin bestätigen. *Darf ich mit Ihnen rechnen.* Seine Worte klangen wie eine Einladung, die keinen Widerspruch duldete.

Keine drei Stunden später war ich es, die sich bei ihm meldete. Das war nach dem kurzen Video, das mir meine Mutter auf mein Handy geschickt hatte. Ich sagte den Termin ab. Ich wollte nicht mehr hergerichtet werden, ich wollte so kaputt bleiben, wie ich mich gerade fühlte.

Irgendwann hörte ich auf zu zählen, wie oft ich das Video angeklickt hatte. Meine Mutter lachend im flatternd gelben Sommerkleid auf dem Rad, das ich ihr geschenkt hatte. Sie erschien mir jedes Mal glücklicher. Jureks Stimme in meinem Kopf mahnte zur Vernunft, ich aber wollte nicht vernünftig sein. Ich wollte mich weder freuen noch ihr irgendetwas gönnen.

Natürlich hätte ich sie einfach anrufen und fragen können, wer das Video gemacht hatte, aber ich hatte

Angst davor, dass sich mein Verdacht bestätigte.

Genau das geschah einen Tag später. Den Namen *Robert* sprach meine Mutter aus wie zerbrechliches Porzellan. Kein Wort über die mich zu Tode langweilenden Kapriolen des Toni-Katers, keine Gedanken zur Farbgebung im Wohnzimmer. Keine Frage zu meinem Kommen.

Plötzlich hatte ich das Bedürfnis, den Kater zu streicheln.

»Er heißt Robert. Rooo-bert!«

Ohne einen Gruß, war ich an Jurek vorbei in seine Wohnung gestürmt.

»Jetzt mal ganz langsam, wer bitte ist denn dieser Robert?«

»Was weiß ich! Jemand, der ihr ganz offensichtlich das Fahrradfahren beigebracht hat. Schau sie dir doch an, die hat in ihrem ganzen Leben auf keinem Sattel gesessen und schon rollt sie zügig diesem Robert entgegen!«

»Ich weiß wirklich nicht, was du willst!« Jurek spielte das Video erneut ab. »Gut schaut sie aus, deine Mutter. Könnte 'ne Werbeaufnahme für Slipeinlagen sein. Radeln ohne Angst.« Er lachte.

»Du nimmst mich nicht ernst!« Ich riss ihm das Handy aus der Hand.

»Deine Mutter ist endlich da, wo du sie haben wolltest, und jetzt passt es dir nicht. Sie will dich an ihrem Glück teilhaben lassen. Du bist eifersüchtig. Eifersüchtig und hysterisch!«

»Und du bist ein schwules Arschloch!«

Kaum, dass ich die Tür im Erdgeschoss hinter mir zugeworfen hatte, war mir peinlich, was ich ihm in meiner blinden Wut an den Kopf geworfen hatte.

War ich hysterisch? War ich ungerecht? Eifersüchtig?

»Was bin ich? Wer bin ich? Warum bin ich?!!!« Ich schrie mit einer Stimme, die mir fremd war. Kurz darauf klingelte mein Handy. Jurek? Keine krachende Gegenattacke. Es war Barbara aus dem Büro.

»Deine Stimme klingt so anders, liegt aber vielleicht auch daran, dass wir nur selten miteinander telefoniert haben.«

»Eine leichte Erkältung oder Allergie. Immer schwer zu unterscheiden.«

»Hauptsache kein Corona! Hör zu, es gibt Neuigkeiten. Wir wollen weg vom durchgängigen Homeoffice. Zwei Tage in der Woche Präsenz, allerdings bei ausgedünnter Besetzung. Ich habe dich für Montag und Dienstag eingeteilt. Start im September. Mit Maske. Da kommen wir nicht drum herum und auch nicht ums regelmäßige Testen.«

»Montag und Dienstag sind okay.« Die Anweisungen nahm ich widerspruchslos hin. Ich hätte gerade alles hingenommen.

Obwohl ich schon lange wach lag, wartete ich auf den Weckruf vom Handy. Mein Geburtstag. Da ich keine Lust auf gutgelaunte Gratulanten hatte, nicht einmal auf Fiona, schaltete ich es ganz aus. Ich hätte jetzt in London sein können, ein Virus aber schickte mich ins Büro.

Lieber Gott, mach, dass sie meinen Geburtstag vergessen haben!

Beten hatte noch nie geholfen. Auf meinem Schreibtisch stand ein Blumenstrauß. Also Kuchen für die Mittagspause besorgen und Sekt in den Kühlschrank legen. Das übliche Procedere. Am liebsten hätte ich auf dem Absatz kehrt gemacht und wäre nach Hause gelaufen. Aber von dort kam ich gerade her und dort wollte ich nicht wieder hin. Ich ließ meinen Rucksack fallen und dann rückten sie an.

Happy Birthday! Masken blähten sich auf und fielen wieder in sich zusammen. Im Wechsel. Bis das dämliche Lied ausgesungen war. Hinter meiner musste ich kein Lächeln simulieren.

Pflaumenkuchen vom Butter-Lindner und Aldi-Sekt. Und weil die ausgedünnte Belegschaft von der vorgeschriebenen Feier-Obergrenze weit entfernt war, wurde der Feierabend zu meinem Leidwesen gründlich überschritten.

Zurück in meinen vier Wänden legte ich mich sofort ins Bett und fragte mich, ob Doktor Rademacher mir nicht auch hätte hilfreich sein können, meine Kollegen und Menschenansammlungen im Allgemeinen auszuhalten.

Nach Stunden der Schlaflosigkeit hörte ich die eingegangenen Sprachnachrichten ab. Kein Jurek und auch von meiner Mutter keine verzweifelt hinterlassenen Worte, weil sie mich nicht hatte erreichen können.

Fionas Stimme klang tröstend, war aber nicht in der Lage, Trost zu spenden.

Wird nachgeholt. Promised!

Ich sollte zurückrufen, wenn es passt.

Momentan passte mir gar nichts!

FRIEDE

Jurek schien zu schmollen.

Ich selbst war nicht bereit, auf ihn zuzugehen. Sollen doch die anderen die ersten Schritte machen! Meine Mutter eingeschlossen.

Saß ich nicht im Büro und ließ mich von Aktenbergen ablenken, zerfloss ich in meiner Wohnung vor Selbstmitleid. Ein Zustand, der mich immer tiefer nach unten zog, so tief, dass ich über Auswege gar nicht mehr nachdachte.

Das Video auf meinem Handy hatte ich gelöscht. Aus meinem Kopf ließ es sich allerdings nicht entfernen. Jede Bewegung, jedes Lachen – eine präzise Wiedergabe sämtlicher Sequenzen, die in meinen Eingeweiden brannten.

Jurek traf ich in der Obst- und Gemüseabteilung im Supermarkt. Er stand an der Waage und gab die Nummer für Weintrauben ein.

»Immer ein sicheres Zeichen, dass sich der Sommer verabschiedet«, sagte ich und zeigte auf die Trauben. Er schaute an mir vorbei.

»Wenn es nur der Sommer ist …« Den Blick stur auf der Waage, klebte er das Etikett auf die Tüte.

»Wie meinst du das?«

»Hab schon lange nichts mehr von dir gehört.« Er legte die Weintrauben in seinen Einkaufskorb und ging zu den Äpfeln. Ich folgte ihm.

»Du hast dich aber auch nicht mehr gemeldet.«

»Sollte ich?« Er nahm die Äpfel einzeln und drehte jeden prüfend in der Hand.

Ich nahm mir auch eine Tüte und stöberte ebenfalls in den Äpfeln.

»War blöd von mir, oder?«

»Ziemlich.«

Jurek entfernte sich in Richtung Waage, ich rief ihm die Nummer hinterher.

»Was würde ich nur ohne dich machen?«, rief er zurück, einen Arm in die Luft gereckt.

»Auf jeden Fall die Chance auf einen guten Haarschnitt verpassen!«

Jetzt stand ich dicht hinter ihm, sein störrisches Haar direkt vor den Augen. Ob Charaktereigenschaften herauswachsen können? Jurek drehte sich um und pappte mir das ausgedruckte Etikett auf die Stirn.

Ich stolperte etwas erschrocken einen Schritt zurück. »Und?«, fragte ich, »was bin ich dir wert?«

»Drei Euro achtundvierzig.«

Unbezahlbar unser Gelächter.

Zwiebeln, zwei Rumpsteaks, ein Baguette und eine Flasche Brunello. Zutaten für den anstehenden Versöhnungsabend.

Ich schnitt die Zwiebeln in feine Ringe. »Das schwule Arschloch tut mir leid. Ich war halt wahnsinnig sauer.«

»Deswegen musst du nicht schon wieder heulen.«

»Das sind die Zwiebeln.« Ich nahm ein Küchentuch und schnäuzte mich. »Heule ich zu viel?«

»Ziemlich.«

»Ich weiß selbst nicht, was mit mir los ist, aber das *hysterisch* darfst du gerne zurücknehmen.«

»Und du *schwul*. Nur weil ich keine Beziehung habe.« Jurek drehte an der Pfeffermühle, als wollte er sie irgendwo festschrauben. »In meinem Leben läuft auch nicht alles rund.«

Ich nahm ihm die Pfeffermühle aus der Hand. »Wir wollen die Steaks doch noch essen, oder?«

Ich mochte Jurek, auch weil er so schnell wieder lachen konnte. Er goss Wein in die Gläser und machte einen auf Alfred Biolek.

»Bevor wir jetzt die Zwiebeln in die Pfanne geben und den überschüssigen Pfeffer vom Fleisch klopfen, gibt es einen guten Tropfen aus der wunderschönen Toskana. Ein Brunello di Montalcino aus dem Jahre 2016. Hundert Prozent Sangiovese.

Hervorragend zum Kurzgebratenen!«, nuschelte er, den Unterkiefer über den Oberkiefer geschoben.

»Also doch schwul!«

Wir lachten Tränen.

»Also doch hysterisch!«

Das Fleisch war zäh. Wir kauten kommentarlos und lange.

»Meine Mutter hat meinen Geburtstag vergessen. Kein Anruf, kein WhatsApp, keine Karte, kein nix.«

»Du hattest Geburtstag?«

»Am Montag.«

»Heute ist erst Dienstag.«

»Was soll das heißen?«

»Naja, kann man ja mal vergessen, wird schon Gründe geben.«

»Montag vor einer Woche. Dieser Robert ist ihr offensichtlich wichtiger!«

»Gibt es da mittlerweile mehr Infos?«

»Wie denn, sie meldet sich ja nicht!«

»Dann melde du dich doch.«

GLÜCKSFALL

Die Entschuldigung meiner Mutter hing als Kärtchen an einem Fleurop-Blumenstrauß, der mit Sicherheit noch vor ihrem Anruf eintreffen sollte.

Ich könne ihr mit Recht vieles vorwerfen, aber meinen Geburtstag hätte sie doch noch nie vergessen! Und gerade jetzt, wo doch alles so gut liefe, müsse ihr das passieren!

»Was läuft denn da gerade so gut?« Der Sarkasmus in meiner Stimme ließ sich nicht vermeiden. »Das Fahrradfahren?«

»Magdalena, es tut mir wirklich leid, ich wollte, ich …«

»Lena!«

»Das zwischen uns beiden, Lena, das finde ich, läuft gerade ganz gut. Ich möchte, dass das so bleibt, das ist mir wichtig. Du bist mir wichtig. Sehr sogar.«

Nach einer bedrückenden Pause bedankte ich mich für die Blumen. Machte ein Foto vom Fleurop-Strauß und schickte es ihr.

In der Nacht träumte ich von Robert, ohne ihn je kennengelernt zu haben. Er schwebte über Hüttach, trug Vollbart und Taucherbrille und forderte meine Mutter ständig auf, es ihm gleichzutun. Die stand im backsteinroten Wintermantel auf dem Dach unseres Hauses, schlug wild mit den Armen, hob aber trotz größter Anstrengung nicht ab und Robert flog davon.

Am Morgen wollte ich nicht frühstücken und im Büro legte ich die Hand auf meinen Becher, als Barbara mit der Kaffeekanne die Runde machte. Am Computer vertippte ich mich ständig, war unkonzentriert und später erleichtert, als ich auf die Idee kam, eine Migräne vorzutäuschen, um nach Hause gehen zu können.

Es dämmerte, als Jurek klingelte. Er wollte wissen, ob ich inzwischen mehr über den geheimnisvollen Robert erfahren hätte. Er könne fliegen, sagte ich ihm, habe sich Hüttach von oben angesehen.

»Wie jetzt?«

»Quatsch! Hab ich nur geträumt. Bin allerdings neugierig, ob er wirklich einen Vollbart hat.«

»Du hast dich also noch nicht bei deiner Mutter gemeldet?«

»Sie hat sich gemeldet.« Ich zeigte auf den Blumenstrauß. »Angerufen hat sie auch noch.«

»Und?«

»Ich war genervt! Vielleicht ist es dieser Robert oder ich bin mittlerweile von mir selbst genervt.

Dieses totale Gefühlschaos macht mir gerade ganz schön das Leben schwer.«

Ich zog die einzige Lilie aus dem Blumenstrauß und warf sie in den Müll.

»Ich kann den Duft nicht ab«, sagte ich, bevor Jurek etwas sagen konnte.

»Irgendwie bist du kompliziert.«

Jurek holte die Lilie aus dem Mülleimer. »Will nur mal checken, wie Lilien riechen.«

»Nach Friedhof.« Ich durchsuchte den Kühlschrank, um ein Abendessen zu improvisieren.

»Ich glaube, du kommst damit nicht klar, dass sich deine Mutter verliebt hat.« Die Lilie landete wieder im Müll.

»Die weiß doch gar nicht, wie das geht.«

»Und schon wieder kritisierst du sie!«

»Wie denn?«

»Na komm, kennst du doch auch, Herzklopfen, Schmetterlinge, das volle Programm halt. Oder? Ich meine, ich frage mich schon, warum du als Single unterwegs bist. Ladenhüter sehen anders aus.«

»Und du? Lebst ja auch nicht in einer Beziehung.« Ich schlug die Kühlschranktür wieder zu.

»Möhrengemüse und Bratkartoffeln, mehr ist nicht.«

»Ich war Caro zu wenig, also was das Körperliche angeht. Bei der Arbeit zu viel fremdes Gewebe unter meinen Händen, das wurde irgendwann zum

Lustkiller. Ich hatte sogar an Umschulung gedacht, wegen Caro. Aber die war dann schneller weg, als ich auf dem Arbeitsamt. Momentan darf alles so bleiben, wie es ist.«

»Aber deine Arbeit, ich meine, widerstrebt dir nicht, was du da acht Stunden am Tag tust? Das hat ja ganz offensichtlich was mit dir gemacht.«

»Das hat es. Aber mir fehlt nix. Momentan würden mir meine Patienten fehlen.«

»Wie jetzt? Das ganze fremde Gewebe?«

»Ich helfe gerne und das genügt mir gerade. Nimm es, wie ich es dir sage. Dein schöner Kopf ist schon mal gar nicht dazu da, sich meinetwegen zu zerbrechen.«

»Wozu denn?«

»Was willst du hören?«

»Sag einfach.«

»Wir sind befreundet, Lena. Mehr kann ich nicht bieten.«

»Wie ist das jetzt mit den Möhren und den Kartoffeln?«

»Passt.«

Jurek war der erste Mann, dem ich von meinem Unvermögen, von meinen Ängsten erzählte. Das war bei ihm ganz einfach. Leo, die Erdgeschosswohnung, die Pandemie, die Paketboten – alles Zufälle, die diesen wunderbaren Zufall unserer Bekanntschaft möglich gemacht hatten.

Einen kurzen Moment lang war ich geneigt, ihn zu umarmen, fing dann aber an, die Möhren zu schälen.

»Es ist gut, wie es ist«, sagte ich.

Als das Gemüse auf dem Herd stand, ging ich zum Küchenfenster um zu rauchen. Jurek wollte auch eine.

»Habe vor Jahren damit aufgehört, die heute ist eine Ausnahme. Friedenspfeife sozusagen. Wie bei den Indianern.«

Vielleicht sollte ich mit meiner Mutter auch mal rauchen.

Ich rief sie an, nachdem Jurek gegangen war. Die Uhrzeit schien mir taktlos, traute aber meiner Bereitschaft nicht über die Nacht.

»Erzähl mir von Robert«, sagte ich.

»Ach Lena«, hauchte sie spürbar zufrieden, dann begann sie zu erzählen.

Robert, ein Polizist, der sich nicht nur selbst vom Dienst, sondern auch vom Druck, den dieser Beruf mit sich brachte, befreit hatte. Robert, dem Helfen eine Herzensangelegenheit war, der sich ehrenamtlich beim Allgemeinen Deutschen Fahrrad-Club fürs sichere Radeln einsetzte.

Robert, der geschieden war und zwei erwachsene Töchter hatte. Robert, der mit seiner Größe den eigenen Kopf einziehen ließ, wenn man hinter ihm durch eine Tür ging. Robert mit der wunderbar warmen und tiefen Stimme, bei der sich all ihre Ängste legten, sie sich beschützt und aufgehoben fühle und die sie auf angenehme Art willenlos mache.

Ich war ganz nahe dran, zu behaupten, dass sie schon immer willenlos gewesen war. Diese bösartigen Impulse ließen sich einfach nicht abstellen.

»Lena, ich kann dir gar nicht sagen, wie glücklich ich bin. Die Worte dafür müsste ich erst erfinden. Und alles deine Schuld!« Sie lachte. »Du hast mir nicht nur ein Fahrrad zum Geburtstag geschenkt.«

»Solange ich dafür nicht ins Gefängnis muss!« Jetzt lachte ich auch.

»Genau wie ich dich damals am Gepäckträger festgehalten habe und hinterhergerannt bin, so hat das Robert auch bei mir gemacht. Nur bist du ganz schnell alleine weitergeradelt, *loslassen*, hast du geschrien und ich habe mir Sorgen gemacht, weil du so lange weggeblieben bist. Erinnerst du dich?«

Natürlich erinnerte ich mich! Mein achter Geburtstag, und die Angst, dass mein langgehegter Wunsch nicht in Erfüllung gehen würde.

Großmutter war dagegen. Mit einem Fahrrad entferne man sich und das meinte sie nicht nur im räumlichen Sinne. Psalm 139 hatte ich auswendig gelernt, das war meine Rettung. Außerdem hatte ich ihr jeden Abend aus der Bibel vorgelesen und vorher freiwillig das Geschirr abgewaschen. Das schien mir zuverlässiger, als zu beten.

Ich vergaß, die Kerzen auf dem Gugelhupf auszublasen, hatte nur Augen für das rote Fahrrad mit dem verchromten Lenker, der in der Sonne blitzte. Mit Julia, die ab der zweiten Klasse nicht mehr neben mir, sondern neben Sophia saß, wollte ich Dorfrunden drehen. Ich wollte wieder dazugehören. Mit dem Fahrrad stellte ich mir das ganz einfach vor.

»Sophia ist meine beste Freundin und die findet dich doof«, hatte Julia gesagt, als ich ihr von meinem neuen Fahrrad erzählte. Da war von meiner Freude erst mal nicht mehr viel übrig. Die war erst wiedergekommen, als ich mich traute, ganz alleine über die Dorfgrenze hinaus zu fahren und dabei spürte, was ich alles hinter mir lassen konnte.

»Mit dem Bus habe ich das Rad nach Clausthal-Zellerfeld gebracht und musste es dann auch noch bis zum Übungsgelände schieben. Und das war nicht gerade um die Ecke! Die Pedale hatte ich im Rucksack dabei, die hab ich erst gar nicht versucht anzuschrauben. Robert hat nur gelacht, weil er so was noch nie erlebt hat. Ruck zuck ging das bei ihm und die Dinger waren montiert. Den Sattel und den Lenker hat er dann auch gleich richtig eingestellt. Und wenn er der Gruppe irgendwas erklärt hat, dann hat er fast immer nur mich angeschaut.«

»Hat Robert einen Vollbart?«

»Wie kommst du jetzt darauf?«

»Nur so.« Ich gähnte unmissverständlich und legte mit einem kurzen Gute-Nacht-Gruß auf.

SYSTEMWECHSEL

Trump hatte sich mit Corona infiziert. Das ordnete ich an diesem Morgen den guten Nachrichten zu. Die schlechten nahmen weiterhin kein Ende. Es gab jetzt Risikogebiete und drastische Kontaktbeschränkungen. Jurek und ich waren nur zu zweit und somit außen vor. Die gemeinsamen Abendessen wurden zur Gewohnheit, zum Fernsehen saßen wir in meinem Bett, nachdem wir gemeinsam den Abwasch erledigt hatten.

Meine Mutter wollte eine Radtour durch Brandenburg machen.

»Wann, wenn nicht jetzt?« hatte sie am Telefon gesagt. »Gewartet habe ich mein ganzes Leben lang.«

Natürlich wollte sie nicht alleine durch Wälder und an Seen entlangradeln. Robert habe das alles geplant und sie würden im Zelt übernachten. In der Wildnis. Da, wo die Bundeskanzlerin immer hinfahre.

»Die Uckermark.« Meine Stimmung teilte ihre Begeisterung nicht.

Vorher würden sie mich gerne kurz in Berlin besuchen, Robert freue sich darauf, mich kennenzulernen. Und ob ich den Kater für eine Woche nehmen könnte.

Ich suchte nach einer Ausrede, aber auf die Schnelle fiel mir nichts ein. Einfach nein sagen, schaffte ich nicht. Eine Zigarette hatte ich mit ihr rauchen wollen. Ob Robert rauchte?
Ein Mann an der Seite meiner Mutter … Das überstieg meine Vorstellungskraft. Ich befürchtete, dass sie sich verändern und wieder entfernen würde, noch bevor ich sie einmal wirklich für mich gehabt hatte.

»Meine Mutter kommt mit ihrem *Lover*!«, verkündete ich Jurek.

Den Toni-Kater wollte ich ins Badezimmer sperren. Dort durfte er dann ausbaden, was mir gerade so gegen den Strich ging.

Jurek fand es lustig, dass der Kater bei uns einziehen sollte. Er sagte *uns*. Das hatte etwas Tröstendes.

*

Robert sah zu meinem Leidwesen auch ohne Bart sehr sympathisch aus. Der Herzlichkeit, mit der er mich im kleinen Flur begrüßte, versuchte ich mit Distanz zu begegnen, was schon räumlich gesehen nicht ganz einfach war. Ich wollte dem ersten Eindruck nicht zu viel Bedeutung beimessen, wollte abwarten und Schwächen entdecken, auch weil meine Mutter mit einem unerträglichen Siegerlächeln neben ihm stand. In ihrer Hand die Transportbox mit dem Toni-Kater. Der gähnte hinter der vergitterten Klappe, und weil ich meine Mutter nicht gleich umarmen wollte, ging ich in die Knie und klopfte gegen das Kunststoffgehäuse. Der Kater bemühte sich nicht um Sympathie. Nur kurz und gelangweilt schaute er mich an, um gleich darauf mit Hingabe seine Pfoten abzulecken.

»Er wird dich mögen.« Meine Mutter stellte die Box genau zwischen uns ab, was der folgenden Umarmung etwas Umständliches verlieh.

»Lange können wir nicht bleiben. Wir wollen mit dem Auto aus der trubeligen Stadt raus, und bevor es dunkel wird, sollten wir ein Plätzchen für das Zelt gefunden haben.« In den Augen meiner Mutter glänzte ein fast kindliches Glück, und ich fühlte mich verlassen, wie ich mich meine ganze Kindheit über verlassen gefühlt hatte.

Robert berührte mich an der Schulter. »Auf dem Rückweg bringen wir mehr Zeit mit.« Dagegen hatte ich plötzlich nichts mehr einzuwenden.

Jurek nannte mich *grausam*. Toni sei Gast und so sollten wir ihn auch behandeln.

»Und wenn der Gastgeber an einer Allergie leidet?«

»Deine Schwachstellen liegen ganz woanders!« Jurek verließ die Küche und ging in Richtung Badezimmer.

»Fang nicht wieder damit an!«, rief ich ihm hinterher. »Und wieso Schwach*stellen*? Jetzt greifst du mich schon im Plural an!«

Tat er nur so, als hätte er mich nicht gehört? Auf jeden Fall sollte ich unmissverständlich mitbekommen, wie er mit dem Toni-Kater sprach.

»Jetzt kannst du die Lautstärke wieder runterfahren«, blaffte ich ihn an, als er mit dem Kater auf dem Arm in der Küche stand, »ich höre dich auch so!«

»Der ist ja total süß!« Jurek kraulte ihn zwischen den Ohren und kam auf mich zu. »Komm, sperr dich nicht so, mach mal locker!« Er wollte mir den Kater übergeben wie ein Baby, das man auch mal halten möchte. Ich wollte aber nicht.

Also setzte er ihn auf den Fußboden. Der Kater fing sofort an, um meine Beine zu streichen, zwängte sich zwischen ihnen hindurch und rieb sich an meinen Waden.

»Er mag dich.« Jurek grinste.

*

Wann immer Toni die Möglichkeit fand, sprang er auf meinen Schoß und blieb dort liegen, bis ich aufstand. Und nicht selten blieb ich sitzen, obwohl ich hätte aufstehen müssen. Zu sehr genoss ich diesen rotgetigerten, zufrieden schnurrenden Wärmespender.

Ich googelte nach der Körpertemperatur von Katzen. Zwischen sechsunddreißigsieben und achtunddreißigneun. Bei Menschen wäre das schon Fieber. Ich fühlte mich wohl.

Nicht, dass ich zu Schulzeiten für Physik je ein großes Interesse gezeigt hätte, hatte aber nicht vergessen, dass sich höhere Temperatur immer auf den Weg zu tieferer Temperatur macht und dadurch die Zustände der Systeme verändert. Toni und ich. Zwei Systeme. Mein Systemzustand schien sich gerade zu verändern.

Jurek sollte vorerst nichts davon mitbekommen, dass sich Toni in so kurzer Zeit erfolgreich bei mir eingeschlichen hatte. Ich wollte standhaft bleiben in meiner Unversöhnlichkeit. Ein kindisches Verhalten, dessen war ich mir bewusst. Mit fünf Fingern brachte ich das rotgetigerte Fell in Unordnung, um es anschließend mit Hingabe wieder glattzustreichen.

Als Jurek am Abend zum Essen kam, hatte er einen alten Tennisball dabei. Nur mit Mühe konnte ich verbergen, wie sehr es mich amüsierte, wie er die gelbe Filzkugel immer wieder in eine neue Ecke rollen ließ und der Kater ihr wie besessen hinterherjagte.

Während wir aßen, schnurrte Toni zufrieden auf dem Sofa, und als Jurek endlich gegangen war, legte ich mich vorsichtig hinter ihn und drückte ihn sanft an meinen Bauch.

Als ich am Morgen ins Büro aufbrach, schlief Toni auf einem der Küchenstühle. Dreimal kehrte ich um und schloss die Wohnungstür wieder auf, aber anstatt Toni verzweifelt hinter der Tür anzutreffen, wie ich es mir ausgemalt hatte, fand ich ihn jedes Mal unverändert auf dem Stuhl vor.

Ich war gerade in die Akte eines komplizierten Kunden vertieft, als meine Mutter anrief. Wunderschön seien die Touren, aber die Nächte ganz schön kalt. Sie hätten den achtunddreißigneun warmen Kater mitnehmen sollen, dachte ich, und als sie fragte, wie es dem Toni ginge, sagte ich, er frisst. In drei Tagen seien sie zurück. Es gebe viel zu erzählen.

In drei Tagen würden sie den Toni wieder mitnehmen!

Ich starrte lange auf den Computerbildschirm, schloss dann das Programm, schob die Mappe mit den Unterlagen beiseite und schaute mir auf dem Handy meine Katzenvideos an. Der komplizierte Kunde musste warten.

Beim Feierabendmachen war ich pünktlich.

Kaum hatte ich die Haustür hinter mir zugezogen, wurde ich von Toni begrüßt. Er strich mir um die Beine, und noch bevor ich meinen Mantel ablegte, ging ich in die Hocke. Das Schnurren vibrierte in meiner Hand, als ich ihm über den Rücken fuhr. Es fühlte sich verdammt gut an, von jemandem erwartet zu werden! Das wollte ich auskosten. Den Klingelton aus meiner Handtasche ignorierte ich. Der Kater nicht. Der wurde nervös. Ich nahm in auf den Arm. Es war Jurek.

»Mich hat's erwischt!«

»Inwiefern? Herzensangelegenheit?« Ich gab Toni einen Kuss zwischen die Ohren.

»Das wäre das geringere Übel.«

Ich vergrub mein Gesicht im weichen Fell.

»Corona.«

»Ach du Scheiße!« Toni sprang erschrocken von meinem Arm. »Und wie geht es dir? Kann ich irgendwas für dich tun?«

»Ein bisschen Halsschmerzen. Ich hoffe, es bleibt dabei. Aber du musst dich testen lassen. Und du solltest noch Lebensmittel bunkern. Für uns beide. Ich darf ja gar nicht mehr unter die Leute.«

Gleich am nächsten Morgen ging ich zum Testzentrum in der Eisenacher und anschließend zum Rewe an der Hauptstraße. Wie Nachhausekommen, dachte ich, war es doch meine Einkaufsmeile in

Leo-Zeiten gewesen. Fleisch hatte ich damals ausschließlich in *Denns Bioladen* gekauft. Jetzt ging ich an ihm vorbei, ließ ihn im wahrsten Sinne des Wortes links liegen. Leo war egal, wo das Fleisch herkam und plötzlich hatte ich das Gefühl, dass mir Leo noch immer nicht egal war. Auf der Höhe *Oxfam* dachte ich an die vielen Bücher, die wir dort rausgetragen hatten. Wir waren beide keine großen Leser, aber Leo meinte Schnäppchen machen und irgendwas fürs leere Regal. Die Ampel wollte gar nicht auf Grün springen, ich hätte mich gerne bewegt. Einfach weg. Meinem Gemütsaufstand davonlaufen.

Der beruhigte sich erst, als ich beim Rewe vor dem Katzenfutter stand. Katzenfutterwerbung im Fernsehen habe ich immer als Zumutung empfunden. Die halbe Welt hungerte und der Gourmet-Portion im Edel-Porzellanschälchen wurde noch ein Petersiliensträußchen an die Seite gelegt. Jetzt hatte *ich* die Qual der Wahl. Preislich entschied ich mich fürs Mittelfeld. Die Menge, die ich in den Wagen packte, würde für zwei Wochen reichen. An übermorgen mochte ich nicht denken.

Meine Hände schmerzten noch von den Einschnitten der Einkaufstüten. Toni schnupperte an den abgestellten Einkäufen und ich schaute in meinem Handy nach dem Ergebnis vom Testzentrum. Negativ. Ich war fast ein bisschen enttäuscht.

Jurek hustete und vermutete Fieber. Ich stellte das mitgebrachte Huhn samt Suppengemüse auf den Herd. Wenn Brühe bei Grippe half, konnte sie bei Corona zumindest keinen Schaden anrichten. Zwei Stunden köcheln lassen. Das hatte ich in der Apotheken Umschau gelesen und die sollten es ja wissen. Und während das Huhn leicht siedend auf dem Herd stand, ging ich nochmal los, um Paracetamol und ein Fieberthermometer zu kaufen.

Beides legte ich später neben die Suppe aufs Tablett, das ich vor Jureks Wohnungstür abstellte, und klingelte dreimal. So hatten wir es abgemacht.

Seine WhatsApp-Reaktion bestand aus drei Lecker-Smilies, einem mit Thermometer im Mund, (in Klammern 39.5) und einem Schlummer-Smilie. Ich wünschte ihm, dass er sich gesundschlafen konnte.

Am Donnerstag hatte Jurek keine Stimme mehr, das Fieber hielt sich unverändert. Im Büro sagte man mir, dass ich wegen des positiven Kontakts auch am Montag und Dienstag von zu Hause aus arbeiten solle, man wolle kein Risiko eingehen.

Genau so konnte ich das auch meiner Mutter und Robert sagen. Kein Risiko!

Ich drückte Toni wie ein geliebtes Kuscheltier an mich und griff zum Telefon. Berichtete von Jurek, der positiv getestet worden war und ich Kontakt gehabt hätte. Sie sollten gleich durchfahren, sagte ich, erst gar nicht in Berlin vorbeikommen.

Um den Kater würde ich mich so lange kümmern, bis die Quarantäne aufgehoben war. Dann hätten wir auch mehr Zeit, ich würde für sie kochen und könnte mir in Ruhe anhören, was sie zu berichten hätten.

»Das kommt uns nur entgegen!«, schrie meine Mutter gegen den Wind an, »seit gestern Dauerregen. Wir haben so gut wie keine trockenen Sachen mehr und brechen schon heute auf. Du glaubst gar nicht, wie ich mich auf die Heizung im Auto freue! Sieh zu, dass du gesund bleibst und grüße …«

»Anna!«, im Hintergrund konnte ich Roberts Stimme hören. »Du musst mir mit dem Zelt helfen!«

Wann hatte sie jemals jemand anderer als meine Großmutter beim Namen genannt? Und bei ihr hatte es immer fordernd oder abstrafend geklungen.

Ich sah Robert bei Sturm und Regen mit dem Zelt kämpfen und selbst wenn er mit einem Grizzly gekämpft hätte, sein *Anna* klang wie eine Liebeserklärung.

War ich neidisch? Oder wütend, wie sonst in solchen Situationen? Hatte Jureks Bemerkung, dass ich mich über ihr spätes Glück auch einfach freuen könnte, etwas verändert? Zumindest war es befreiend, einmal keine Bitterkeit in mir aufsteigen zu fühlen.

Beiß die Zähne zusammen! Großmutter hatte ihre Bitterkeit gepflegt, als sei das ihre Bestimmung gewesen. Und ich war offensichtlich auf dem gleichen Weg und sollte schleunigst umkehren!

Meine Hand liebkoste den ausgestreckten Kater vom Kopf bis zum Schwanzende und zurück.

Anna. Das klang fast wie Mama, und Mama konnte Berührung, Nähe und Zusammengehören bedeuten.

Ich drückte die Wahlwiederholung.

»Mama!«, schrie ich, auch ohne irgendeinem Wind trotzen zu müssen.

»Ist gerade ganz schlecht, Magdalena. Was Wichtiges?« Im Hintergrund knatterten Planen.

»Ich wollte nur sagen, dass ich Robert nett finde!«

VERFILZT

Jurek meinte, er könne für den Rest seines Lebens keine Hühnersuppe mehr essen. Ich fand, dass er froh sein konnte, überhaupt noch am Leben zu sein, denn die Zahl der Corona-Toten nahm weiterhin zu.

Vielleicht war es wirklich übertrieben von mir, ihm geschlagene zehn Tage das Gleiche vorzusetzen. »Du musst gesund werden!«, hatte ich ihm am Telefon gesagt, während ich fasziniert zusah, mit welcher Gier sich Toni über die labbrige Geflügelhaut hermachte.

Jetzt freute ich mich, dass wir endlich wieder gemeinsam am Küchentisch sitzen konnten. Das helle Grün seines verfilzten Wollschals setzte Jureks kränklicher Blässe noch eins drauf. Aber zufrieden sah er aus.

»Ich könnte dir mal wieder die Haare schneiden«, sagte ich und fuhr ihm wohl etwas zu zärtlich über den Kopf.

Verlegen zog er ihn zur Seite. »Hey, was soll das, ich bin doch nicht der Kater!«

Ein peinliches Schweigen lag der Luft, und als hätte Toni ein Gespür für atmosphärische

Störungen, sprang er auf den Tisch und strich unentschlossen von einem zum anderen.

Jurek rückte mit seinem Stuhl etwas vom Tisch ab und klopfte einladend auf seine Schenkel. Doch bevor der Kater sich verleiten ließ, schnappte ich ihn mir und küsste ihn zwischen die Ohren.

»Ach nee!« Jurek grinste.

»Ich möchte ihn nicht mehr hergeben. Das wäre für mich wie früher, wie verlassen werden. Ich weiß nur nicht, wie ich das meiner Mutter beibringen soll.« Ich hob Toni in die Luft, wie man es mit kleinen Kindern tat.

»Sie will mit Robert vorbeikommen, sobald dein Test negativ ist und ich mir zwischenzeitlich nichts eingefangen habe.« Ich schüttelte den Kater, der unglücklich in meinen hochgereckten Armen hing.

»Ich kann ja noch ein paar Tage länger positiv bleiben«, sagte Jurek und grinste wieder. Dann wedelte er mit seinem Schal vor seinen Füßen herum.

Ich entließ den Kater aus seiner ungeliebten Lage. Sofort jagte er dem Schal hinterher und verwickelte sich in der verfilzten Wolle.

»Wie süß!«, riefen wir gleichzeitig.

»Kannst du verstehen, dass ich ihn nicht mehr hergeben möchte?«

BESUCH

Ich sah auf die Uhr und schob die angebratenen Kaninchenteile in den Ofen. Meine Mutter und Robert wollten zum Mittagessen da sein. Kaninchen mit Balsamico-Schalotten. Zum Nachtisch ein Apfel-Birnen-Kompott mit Mascarponecreme. Ich wollte sie verwöhnen. Zufriedene Menschen ließen sich möglicherweise leichter überreden. Astern, Chrysanthemen und Buschklee standen als üppige Herbst-Sträuße auf Fensterbank und Küchenbuffet. Auch der Tisch sah überladen aus, vielleicht, weil noch nie vier Leute an ihm gesessen hatten. Immer wieder stellte ich die Gläser um und ich konnte mich lange nicht entscheiden, ob ich die Servietten nun auf den Tellern oder zusammen mit dem Besteck rechts vom Teller arrangieren sollte. Jurek war schon eine Stunde früher gekommen, wegen der moralischen Unterstützung, wie er sagte. Mir war das mehr als recht, ich wollte mit meinem Besuch einfach nicht allein sein. Außerdem fand ich es gut, auch einen Mann an meiner Seite haben.

»Was meinst du, wird sie mir den Toni lassen?«

Der lag unverrückbar vor dem Backofen. Wegen der Wärme, vermutete ich, Jurek behauptete, wegen des Inhalts. Den kontrollierte ich in meiner Nervosität viel zu häufig.

»Meine Mutter hat immer gesagt, dass man den Ofen nicht aufmachen darf, wenn Hefeteig drin ist, der würde dann zusammenfallen. Zwar ist dein Kaninchen kein Hefeteig und kann auch nicht zusammenfallen, wird aber bei deinem ständigen Auf und Zu auf keinen Fall besser.«

»Und du glaubst, wenn es gut schmeckt, lässt sie mir den Kater?«

Es klingelte.

Meine Mutter musste mein Herzklopfen spüren, als sie mich umarmte. Sie wollte mich gar nicht mehr freigeben, auch nicht, als Robert verzweifelt versuchte, den Blumenstrauß loszuwerden.

Erst als Jurek aus der Küche auftauchte und *hallo* sagte, löste meine Mutter die Umarmung.

»Das ist Jurek«, sagte ich, »ein guter Freund. Der Coronapatient.«

Jurek nahm ihnen die Mäntel ab, ich bekam die Blumen und Robert drückte meine freie Hand.

Als bräuchten wir alle mehr Platz, drängten wir gemeinsam in die Küche.

Toni hob neugierig den Kopf. Meine Mutter lief mit ausgestreckten Armen auf ihn zu, konnte ihm aber nur noch beim Sprung auf die Fensterbank hinterherschauen. »Aber Toni, du kennst mich doch!«

Der Kater machte einen weiteren Satz und maunzte vor der Küchentür.

»Er wird ins Bad wollen, dort steht das Katzenklo und sein Futter.« Jurek ließ ihn raus.

»Wunderschön, deine Küche, Lena!« Meine Mutter schaute sich anerkennend um. »Kaum zu erwarten, wenn man von draußen kommt!«

»Nie vom Äußeren aufs Innere schließen, Mama. Erstmal nachschauen.«

»Wir tun ja gerade nichts anderes.« Ich spürte ihre Hand auf meinem Rücken.

»Das Kaninchen«, sagte ich, »das muss raus.«

»Kann ich dir helfen?« Sie nahm ihre Hand wieder weg, aber das gute Gefühl blieb.

»Wäre schön, wenn du es schaffst, dass sich alle an den Tisch setzen. Wenn das Fleisch noch länger in der Röhre bleibt, wird es trocken.« Die Schweißtropfen auf meiner Stirn entschuldigte ich mit der Backofenwärme.

»Habt ihr gehört, Essen ist fertig. Setzt euch.« Sie drehte sich in meine Richtung. »Egal wo, Lena?«

»Völlig egal.«

»Na dann … auf die Plätze!«

War das meine Mutter, die da Anweisungen gab? Meine Mutter, die sich sonst immer unterordnete? Ich stellte den Bräter mit dem Kaninchen auf den Tisch und schaute auf Roberts große Hand, die wie ein Schildkrötenpanzer auf der meiner Mutter lag.

Noch ganz in Gedanken setzte ich mich auf den freien Platz. Jurek musste laut werden, als er mich nach Rot oder Weiß fragte. Beinah hätte ich Schildkröte gesagt, aber dann sagte ich Rot.

Als wir anstießen, hielten meine Mutter und ich den Blick besonders lang. Ich freute mich für sie.

Sie fing an zu erzählen und es wurde ruhig am Tisch.

»In der ersten Nacht sind die Mäuse ums Zelt gehuscht. Ich habe panische Angst gehabt, dass die sich durch die Plane knabbern und zu uns reinkommen. War beinah ein bisschen hysterisch, aber Robert hat gemeint, als alter Polizist würde er schon auf mich aufpassen. Wenn man hundemüde ist, glaubt man wahrscheinlich alles.«

Sie griff nach Roberts Hand. »Wie eine Tote habe ich dann geschlafen.« Sie lachte.

So einen Beschützer hätte ich auch gerne gehabt!

Beim ersten Dämmern habe Robert sie geweckt. Wegen des Vogelgezwitschers in der Stille.

»Ihr könnt euch gar nicht vorstellen, wie ein Becher Kaffee in aller Herrgottsfrühe im Wald schmeckt!« Die kleine dramatische Pause erwartete keine Reaktion.

»Er schmeckt köstlich!«, strahlte sie Robert an.

»Ohne Unterbrechung ist sie danach geradelt, ich hatte schon Angst, dass ich ihr eine Überdosis Koffein verpasst habe.«

»Ach wo, ich wollte mir nur selbst etwas beweisen. Und dann hatte ich auch prompt einen ordentlichen Muskelkater, sogar an Stellen, an denen ich bis dahin noch gar keine Muskeln hatte!« Wir mussten alle lachen.

»Apropos Kater … wollen wir den Toni nicht wieder reinlassen? Ich konnte ihn noch gar nicht richtig begrüßen.«

»Erzähl doch erst noch ein bisschen. Habt ihr das Zelt denn jeden Morgen abgebaut und mitgenommen?« Jurek schaute mich an und verdrehte die Augen.

»Natürlich haben wir immer alles eingepackt. Es war erstaunlich, in drei Tagen waren wir ein eingespieltes Team und jeder Handgriff saß. Und an jedem Morgen waren wir neugierig, wo wir am Abend ankommen würden.«

»… und endlich die ersehnte Ruhe finden. Deine Mutter redet gern.«

Meine Mutter? Worüber denn? Über all das, was in ihrem Leben nicht stattgefunden hat?

Als Jurek nachschenken wollte, hielt Robert die Hand über sein Weinglas. Im Falle einer Kontrolle würden seine Ex-Kollegen mit Sicherheit kein Auge zudrücken.

»Ex-Kollegen? Das heißt, du bist gar nicht mehr im Dienst?«

»So ist es. Habe mich vor zwei Jahren verabschiedet. Und dabei war ich mal mit Leib und Seele Polizist.«

»Und warum dann der Abschied?«

»Zuviel auf zu wenigen Schultern. Fortwährend Krankmeldungen, mangelnder Nachwuchs. Klar, wer will sich schon anpöbeln lassen und dafür auch noch schlecht bezahlt werden. *Fuck the Police* hat jemand vor meiner Wohnung auf den Bürgersteig gesprüht. In Leuchtorange. Außerdem wollte ich mal wieder richtig schlafen können.«

»Und jetzt bringst du Seniorinnen und Senioren das Fahrradfahren bei.« Meine Mutter tätschelte Roberts Hand.

Während sich die anderen weiter unterhielten, ging ich ins Badezimmer, um den Toni-Kater zu holen. Ein flüchtiger Blick in den Spiegel ließ keinen Zweifel: Meine Mutter und ich wurden uns immer ähnlicher. Zumindest äußerlich. Hübsch war sie und seit Robert schien sie mir noch hübscher.

Den Kater setzte ich auf ihren Schoß. Dort schnurrte er und ließ sich anstandslos streicheln. Nur kurz schaute er mich an, als ich die Schälchen mit dem Nachtisch auf dem Tisch verteilte.

»Göttlich!«, sagte Robert. Jurek und meine Mutter nickten mit vollem Mund.

Ich rührte den Nachtisch nicht an, beobachtete Toni, dessen wohlgenährter Körper sich mit jedem Atemzug gleichmäßig hob und senkte. Und während meine Augen der monotonen Trägheit folgten, machten sich meine Gedanken auf den Weg nach Rom: Ich an der Seite meiner Mutter und auf ihrem Schoß mein weißblonder Lockenkopf.

Das Tischgespräch plätscherte an mir vorbei. Einzig die Hand meiner Mutter spürte ich auf meinem Arm.

»Magst du nicht? Ist dir wirklich gut gelungen!« Die Zuneigung in ihrer Stimme hielt mich noch kurz auf ihrem Schoß.

»War alles zu viel«, sagte ich, und mir wurde bewusst, dass ihr Glück unentbehrlich für mein eigenes war.

»In der Stadt würde ich mich überhaupt nicht aufs Rad trauen.“

»Alles eine Frage der Gewohnheit, Mama. Du bist eben ein Landei.«

»Und das will ich auch bleiben.«

»In Hüttach?«

»Warum nicht?«

»Ja, warum nicht?«, mischte sich nun auch Robert ein. »Was die Landschaft angeht, gibt es doch nichts auszusetzen. Ich kannte die Ecke gar nicht. Aber jetzt kenne ich deine Mutter und das Dorf mit all dem wunderbaren Drumherum!«

Robert, der Retter der Zurückgelassenen und Hilflosen! Mein Mund brachte ein anerkennendes Lächeln zustande, ein beifälliges Nicken schaffte ich nicht.

»Du, der ist neu!«, schimpfte meine Mutter liebevoll und löste Tonis Krallen mit größter Vorsicht aus ihrem Pullover. »Heute Abend hast du wieder deinen Kratzbaum!« Sie gab ihm einen Klaps und er sprang von ihrem Schoß.

Ich schlug vor, den Kaffee im Wohnzimmer zu trinken. Jurek ging voran, meine Mutter und Robert hinterher. Während das Wasser durch den Filter lief, stellte ich mir Toni am Kratzbaum vor.

»Agaven-Grün«, sagte ich meiner Mutter, die nach dem Farbton an den Wänden fragte.

»Das möchte ich auch!«

»Milch? Zucker?« Ich reichte beides in die Runde.

»Hast du den Toni vermisst?«, fragte ich.

»Ein bisschen schon.« Sie griff nach Roberts Hand.

»Lena wird ihn vermissen«, sagte Jurek. Ich schaute ihn mit großen Augen an.

»Du? Ich dachte, wir erlösen dich, wenn wir ihn heute wieder mitnehmen. Du schienst mir nicht gerade erfreut, dich ein paar Tage um ihn zu kümmern. Zumindest hatte ich das so empfunden.«

»Schon gut. So schnell, wie ich mich an ihn gewöhnt habe, so schnell kann ich ihn auch wieder

vergessen. Wann wollen wir mit dem Malern weitermachen?«

Zum Abschied standen wir wieder im Flur. Jurek mit
verschränkten Armen in der Küchentür, ich nahm
die Mäntel von den Haken.

»Trägst du denn den roten, den ich dir letztes Jahr
zu Weihnachten geschenkt habe?«, fragte ich meine
Mutter und reichte ihr den alten blauen Steppmantel.
Robert nahm ihn ihr ab und half ihr beim Rein-
schlüpfen. Mit beschwichtigenden Worten ging sie
in die Knie, da sich Toni in der Transportbox laut-
stark beschwerte.

»Den heb ich mir für besondere Gelegenheiten
auf«, sagte sie, kam langsam wieder hoch und
knöpfte sich den Mantel zu.

Wir umarmten uns. Es fühlte sich ehrlich, allerdings auch eine Spur unsicher an. An Roberts Schulter aber hätte ich mich gerne eine Weile vergraben.

»Mit dem nächsten Wiedersehen sollten wir nicht
zu lange warten.« Ich nickte. Jurek bewegte sich
endlich und schüttelte Hände.

Fröstelnd stand ich in der Haustür und winkte.

»Wir besorgen uns eine aus dem Tierheim.« Jurek
nahm mich wie selbstverständlich in den Arm. Er
hatte wieder *uns* gesagt.

»Entweder Toni oder gar keine Katze!«

Wir räumten den Küchentisch ab, spülten die Gläser und folgten im Radio einem Beitrag über Corona im Altenheim, der Isolation und ihre Folgen.

»Einsamkeit ist scheiße!«, sagte ich zu Jurek.

»Aber du hast doch mich! Und das mit dem Tierheim, das solltest du dir nochmal überlegen.«

Für Protest war keine Zeit. Es klingelte. Die kaputte Gegensprechanlage zwang mich, zur Haustür zu gehen, um nachzusehen.

Meine Mutter und Robert standen in der Dunkelheit, und Toni miaute in der Transportbox. Ein Moment der Verwunderung, dann schlug ich mir mit der flachen Hand auf die Stirn.

»Ach Mensch … das Katzenklo!«, sagte ich, ließ die beiden stehen und eilte zurück in die Wohnung. Sie kamen hinterher und wieder standen wir im engen Flur, ich mit dem Katzenklo in den Händen.

»Ich glaube, der Toni möchte hierbleiben.« Robert nahm mir das Katzenklo ab und meine Mutter drückte mir die Transportbox in die Hand.

»Aber …«

»Er war gut für mich, jetzt ist er gut für dich.«

FLIEGENDE UNTERTASSE

Haustiere gehören nicht ins Bett.

Ein Standpunkt, den ich vor ein paar Tagen noch vehement vertreten hätte.

Jetzt achtete ich darauf, dass meine Schlafzimmertür immer einen Spalt offenblieb. Ich liebte, wenn Toni sich mitten in der Nacht am Fußende einrichtete und die Wärme an meinen Füßen spürbar wurde. Nur kurz werde ich dann wach, um gleich wieder in einen zufriedenen Schlaf zu fallen. Mein Kater. Meine Familie.

Ihn an den beiden Bürotagen allein zu lassen, fiel mir weiterhin schwer. Dass Toni damit offensichtlich kein Problem hatte, versetzte mir einen Stich. Er lag neuerdings bevorzugt in der Küche auf der Fensterbank und schaute den Fußgängern und dem Verkehr hinterher. Auf mein Klopfen an die Scheibe, bevor ich mich auf den Weg ins Büro machte, reagierte er mit Ignoranz.

Im Büro begrüßte er mich dann vom Bildschirm an meinem Arbeitsplatz.

»Dein Neuer?«, fragte Paul Friesinger, ein Kollege, der mir in den ersten Wochen am neuen Arbeitsplatz gerne zur Seite stand. Er war auf dem Weg zur Kaffeemaschine.

»Anhänglich und treu«, sagte ich und folgte ihm mit meinem Becher in der Hand.

»Fliegen müsste man können«, sagte er mit Blick auf das Kalenderblatt vom Dezember. Im dunklen Mantel und Hut schwebte ein Mann über einem tiefverschneiten Dorf. Marc Chagall. *Oberhalb von Witebsk.*

»Einfach abheben und weg!« Er zog an seiner Maske und ließ sie zurückschnellen.

»Weihnachtsfeier fällt auch flach!«

»Das ist schade«, sagte ich, nahm die Kanne und goss Kaffee in seinen Becher. Zu meiner Überraschung musste ich mir eingestehen, dass ich das auch so meinte.

Auch auf die Feiertage in Hüttach freute ich mich.

»Bring Jurek mit«, hatte meine Mutter am Telefon gesagt, aber der konnte sich Heiligabend ohne Mama und Kartoffelsalat mit Würstchen gar nicht vorstellen.

»Ich kann mich ja um den Toni kümmern, solange du weg bist.«

»Das wäre wunderbar! Dann muss ich mir darüber ja gar keine Gedanken mehr machen! Du kannst auch gerne in der Zeit bei mir wohnen, dann hat der Toni mehr oder weniger rund um die Uhr Gesellschaft. Und lass in der Nacht die Schlafzimmertür einen Spalt offen.«

»Sonst noch Wünsche?«

»Du bist der Beste!«

Der Zug war spärlich besetzt, meine Platzkarte überflüssig. Der vorgeschriebene *engste Familienkreis* war wohl im Auto unterwegs oder gleich zu Hause geblieben. Meine Nase juckte unter der FFP2-Maske und ich dachte an meinen Kollegen Paul, und dass *Abheben* vielleicht doch nicht so schlecht wäre. Aber jetzt saß ich im Zug und mit dem wollte ich auch ankommen. Vor einem Jahr um diese Zeit hätte man mich durchaus auf den Mond schießen dürfen. Ich hatte Leo vermisst, meine Mutter gefürchtet und mein Leben gehasst!

Meine Mutter holte mich auch diesmal nicht von der Bushaltestelle ab. Das war mein Wunsch gewesen, weil das Nachhausekommen ein anderes sein würde mit Robert an ihrer Seite.

An der Haustür nun doch ein Kranz aus Tannengrün, der bedrohlich in Bewegung kam, als meine Mutter nach dem Klingeln schwungvoll öffnete. Ich brachte ihn mit einer Hand zur Ruhe, die andere umklammerte den Griff von meinem kleinen Rollkoffer.

»Alles aus dem Wald. Die Zweige, die Zapfen, die Beeren und Bucheckern. Robert und ich waren fleißig!«

Ich hatte mir unterwegs die Unbekümmertheit der Begrüßung ausgemalt, jetzt schien mir, dass wir uns beide erst warmlaufen mussten.

»Heute kocht Robert. Es gibt Reh.«

»Mit seiner alten Dienstwaffe erlegt?«

Wir lachten.

»Quatsch, einer seiner Freunde ist Jäger.« Sie zog mich rein und schloss die Tür. Es roch nach Farbe und Küche.

»Und? Was sagst du?« Wir standen in einem Flur, der seine gewohnte Dunkelheit verloren hatte. Die Garderobe mit den abgenutzten Haken und der wackeligen Hutablage gab es nicht mehr. Ein helles Beige an den Wänden ließ alles größer wirken, das Treppengeländer weiß, fast filigran.

»Fremd.«

»Nicht schön?« Die Aufregung blühte in ihrem Gesicht.

»Doch, natürlich … wunderschön.«

Meine Mutter griff nach meinem Mantel und hängte ihn an einen alten Holzbalken mit großzügigen Haken, der die ausgediente Garderobe ersetzte. Den Mantel von Großmutter konnte ich nicht entdecken.

»Roberts Idee!«

Erst jetzt umarmten wir uns.

Robert kam aus der Küche. Eine viel zu kleine Schürze hatte etwas von einem Abziehbild auf seinem stattlichen Körper.

»Da hab ich doch was gehört!« Er drückte mich an seine Brust.

»Wenn das Essen schmeckt, wie die Schürze riecht, dann hast du alles richtig gemacht!«

Offensichtlich machte Robert vieles richtig. Eifersucht wollte ich nicht zulassen und den neuen Tisch in der Küche mit den vier ebenfalls neuen Stühlen, lobte ich mehr, als sie es verdient hatten.

»Der ist euch wohl aus dem Ruder gelaufen?« Ich zeigte auf den Adventskranz auf dem Küchentisch.

»In der Tat. Ohne die Kerzen wäre der in seiner Dimension eher was für den Friedhof.«

»Robert, bitte!« Meine Mutter schlug launig mit dem Küchenhandtuch nach ihm, dann aber wurde sie ernst.

»Ich habe Großmutters Todestag vergessen.«

»Ich habe mich erst gar nicht bemüht, daran zu denken.«

Anerkennung oder Vorwurf, das konnte ich nicht eindeutig aus ihrem Gesicht ablesen. Umso mehr freute ich mich über die drei Becher mit dampfendem Glühwein, die Robert auf den Tisch stellte. Meine Mutter und ich pusteten konzentriert und Robert pfiff irgendeine Melodie.

»Es riecht hier immer besser«, sagte ich, nicht ohne zu erwähnen, dass ich vor Hunger bald sterben werde. Robert schlug sich auf die Stirn, sprang auf und lief zum Ofen. »Jetzt brauche ich aber mal ganz schnell eure Hilfe!« Er zog den Bräter aus der Röhre, legte die Rehkeule auf ein Brett, und während er das weichgeschmorte Gemüsebett durch ein Sieb strich, deckte meine Mutter den Tisch. Ich sollte das Fleisch in Scheiben vom Knochen schneiden, das so zart war, dass es mir schon entgegenfiel. Ich dachte mit etwas Trauer an das junge Reh, doch als Robert mich von der Soße kosten ließ, blieb von meinem moralischen Dilemma nicht mehr viel übrig.

Als Kind hatte ich einen Heiligabend im Kopf, der auf jeden Fall ganz anders sein sollte, als das, worauf Großmutter Jahr für Jahr bestanden hatte. Wie genau, dazu gab es keine Vorstellung.

Die gab es jetzt. Ich fühlte mich zuhause, zugehörig, glücklich. Und es schmeckte.

Zum Orangen-Lebkuchen-Trifle sang Robert mit warmer Bass-Stimme *Oh Tannenbaum.* Das hatte ich mir gewünscht. Geschenke zum Auspacken hatten wir uns verboten. Meine Mutter behauptete, überhaupt keine Geschenke mehr zu brauchen, sie habe gegenwärtig mehr, als sie sich je hätte vorstellen können. Der Kuss, mit dem sie Robert überfiel, dauerte mir zu lange. Ich fing an, die schmutzigen Teller abzuräumen.

»Das lass mal bitte alles stehen, das ist mein Job!«, sagte Robert und schickte uns ins Wohnzimmer.

»Ich habe mich noch immer nicht daran gewöhnt«, sagte meine Mutter. Wir setzten uns aufs Sofa.

»Woran?«

»Na, dass sich jemand um mich kümmert, und wenn ich helfen will, darf ich's nicht. Ich frage nicht nach, nur weil es sich so gehört, ich tu es aus Verzweiflung. Verstehst du? Klingt blöd, aber es fällt mir einfach schwer, verwöhnt zu werden.«

Ich starrte ins Wohnzimmer hinein, das unverändert zurückstarrte. Hier gab es noch keine Neuordnung. Alles beim Alten.

»Dir hat Großmutter viel genommen und mir nichts gegeben.« Ich griff in die Schale mit Keksen, war froh, dass es keine selbstgebackenen waren. Das wäre mir zu viel neue heile Welt gewesen.

Meine Mutter weinte leise, drückte meine Hand, dass es schmerzte. Ich zog sie nicht weg. Wir schwiegen. Die Lichterkette am Baum blinkte zuverlässig, uns beiden schien Reden gerade keine Notwendigkeit.

»Alles klar?« Robert schaute zur Tür rein.

Ich nickte. Meine Mutter ließ meine Hand los.

»Ein Spielchen?« Robert winkte mit einer Schachtel. Jetzt nickten wir beide.

Irgendwann hatte er *Carcassonne* in dieses Haus gebracht, in dem Spiele nur als *Teufelszeug* gegolten hatten. Jetzt bauten wir Städte und verteidigten sie. Ich vermied es, meine Mutter anzugreifen. Robert meinte, das sei ein Spiel, da dürfe man keine Rücksicht nehmen, das wäre nicht gut für die Spannung. Ich wollte keine Spannung mehr, ich wollte Frieden, der sich in mir drinnen langsam spürbar einrichtete.

Ich schlief traumlos, wachte aber mit einem Lächeln auf. Wann war das schon mal der Fall gewesen! Das Guns N' Roses-Poster an der Tür hatte in der Vergangenheit jeden Morgen für den Trotz gesorgt, den ich brauchte, um durch den Tag zu kommen.

Ich stand auf, fuhr mit der Hand über die fünf Totenköpfe, griff nach der ausgefransten Kante und entfernte in aller Seelenruhe, was ich vor fünfundzwanzig Jahren mit Tesafilm an meine Zimmertür geklebt hatte.

Was ich jetzt brauchte, waren Momente, wie dieses gemeinsame Frühstück und ich wunderte mich, wie viel ich nach der gestrigen Völlerei schon wieder essen konnte.

Robert verabschiedete sich nach der zweiten Tasse Kaffee.

»Die beiden Feiertage gehören den Töchtern«, sagte meine Mutter, als sie mit einem zufriedenen Lächeln wieder zurück in die Küche kam.

»Warum hast du dich nie bemüht, jemanden kennenzulernen, auch, als ich noch ganz klein war?«

»Warum …?« Meine Mutter goss Tee in ihren Becher und rührte darin herum, als müsste sich Zucker auflösen, den es nicht gab.

»Angst.« Sie legte den Löffel beiseite. »Angst vor Ablehnung, Angst nicht zu genügen, Angst vor Gott, Angst vor Großmutter, Angst um dich.«

»Und jetzt? Gibt es sie noch, diese Ängste?«

Meine Mutter schüttelte den Kopf.

»Auch nicht vor dem lieben Gott?«

Sie zuckte mit den Schultern.

»Erzähl mir bitte nicht, Skrupel zu haben, glücklich zu sein!« Ich lachte. »Leben bedeutet nicht Leiden! Großmutters moralisches Geschwafel. Das muss alles raus, was sie da so in uns reingestopft hat.«

Meine Mutter lachte verhalten. »Hast du dich nicht schon lange von all dem befreit?«

»Von all dem … das ist halt ne ganze Menge. Riesenbaustelle und längst noch nicht abgeschlossen. Warum habe ich keine Beziehung, oder besser, warum gehen die schneller kaputt, als dass der erste Jahrestag abgefeiert werden kann?«

»Und Jurek?«

»Ich will nicht schon wieder scheitern.«

»Magst du ihn?«

»Du meinst, ob ich verliebt bin?«

»Bist du?«

»Ich weiß nicht. Ich mag ihn.«

»Und er?«

»Passt gerade auf Toni auf. Nach dem ist er ganz verrückt.«

»Ob er dich mag.«

»Sagt er. Und auch ein bisschen mehr.«

»Und?«

»Ich brauch Zeit.«

Ich leckte die Löffel der beiden Marmeladengläser ab und schraubte die Deckel drauf.

»Was machen wir mit dem angefangenen Tag?«

Bevor meine Mutter reagieren konnte, schlug ich vor, in den Keller zu gehen, um ein bisschen nach Vergangenheit zu stöbern.

Die Neonröhren flackerten mit einer nervigen Unentschlossenheit, bis sie endlich zur Ruhe kamen. Es stank nach Heizöl, so wie damals, wenn ich Kartoffeln holen sollte und vor Angst fast gestorben war. Die alte Kiste aus rauen Latten gab es immer noch. An der lehnte mein erstes Fahrrad. Mit platten Reifen und von Spinnweben überzogen.

»Da soll ich mal drauf gesessen haben!«

»Du warst halt auch mal klein. Bist aber gewachsen und dann hattest du ständig blaue Flecken auf den Knien, weil du an die Lenkstange gestoßen bist. Dein zweites Rad habe ich dir ganz gegen den Willen von Großmutter gekauft.«

»*Du* hast dich widersetzt?«

»Tja, dürfte allerdings das einzige Mal gewesen sein. Hatte mein Taschengeld gespart, bin in den Fahrradladen gegangen und habe es zustellen lassen.«

»Und ich war immer in dem Glauben, dass ich es von Großmutter bekommen hatte. Quasi als Vorauszahlung für *anständiges* Benehmen.«

»Was du nicht geliefert hast!« Wir lachten.

»Aber wieso Taschengeld? Du hast doch eigenes Geld verdient?«

»Das ging auf Großmutters Konto.«

»Auf Großmutters Konto!« Ich drückte mit dem Daumen den kleinen Hebel der Fahrradklingel. Sie funktionierte noch. Mit ihr hatte ich mir damals den Weg frei geklingelt.
Wir mussten die Köpfe einziehen, um in den nächsten Raum zu kommen. Dort standen einige Kisten und unter einem verstaubten Leintuch fanden wir das kleine Kinderbett. Im Abstand von siebzehn Jahren hatten wir beide darin gelegen.

»Die Wiege einer Schicksalsgemeinschaft«, sagte ich und legte einen Arm um die Schulter meiner Mutter. »Warum hast du mir nie gesagt, dass *du* mir das Rad gekauft hast?«

»Du hattest dich bei Großmutter bedankt. Was sollte ich da noch zurechtrücken.«

»Wurde mir im Übrigen gleich im ersten Jahr in Berlin geklaut.«

Ich machte eine der Kisten auf. Gleich obenauf mein Schulranzen. Ich nahm ihn raus, schnallte ihn mir so gut es ging auf den Rücken und lief in gebückter Haltung um meine Mutter herum.

»Deine Kinderzeichnungen müssten noch drin sein«, sagte sie, »die habe ich alle aufgehoben.«

Auf meinen Bildern schien immer die Sonne, füllte oben rechts die Ecke aus und strahlte runter bis zur Wiese, auf der meist ein Haus stand und daneben Vater, Mutter und Kind. Es gab auch eins von mir auf meinem roten Fahrrad.

»Nein, wie süß!« Ich zeigte das Blatt meiner Mutter. Ich muss ordentlich radiert haben, hatte offensichtlich viel Wert auf runde Räder gelegt, meine fliegenden blonden Locken allerdings würde ich heute nicht besser hinkriegen. Während ich mich weiter durch meine kindlichen Kunstwerke blätterte, zog meine Mutter die Reisetasche, mit der wir in Rom waren, aus der Kiste.

»Das war mein erstes und einziges Mal im Ausland.«

»Würdest du denn jetzt gerne verreisen?«

»Nicht unbedingt. Für mich gibt es so viel anderes nachzuholen.«

»Nämlich?«

Sie spielte am Reißverschluss.

»Zeit mit dir verbringen …«

187

»Das gelingt uns doch gerade ganz gut«, sagte ich und öffnete eine weitere Kiste, nur um zu verbergen, wie gerührt ich war. Eine Schachtel mit Zinnsoldaten.

»Das sind doch die von Kurt!«, rief ich, als hätte ich einen Schatz gefunden.

»Von meinem Vater …« Meine Mutter griff danach, und hielt sie wie ein lang vermisstes Relikt in ihren Händen.

Die Kellerkälte trieb uns wieder nach oben. Die Schachtel mit den Zinnsoldaten nahmen wir mit und leerten sie auf dem Küchentisch aus. Ein bunter Haufen, den wir nach Uniform und Waffengattung sortierten. Jeder von uns brachte eine Armee in Stellung.

»Wer schießt zuerst?«, fragte ich und ließ meinen Fahnenträger klackernd auf und ab hüpfen.

»Ich nicht!« Meine Mutter lachte.

»Ob Kurt im Krieg jemanden erschossen hat?« Mein Fahnenträger hörte auf mit Hüpfen.

»Wir sollten die Figuren im Wohnzimmer auf die Fensterbank stellen«, sagte meine Mutter und ich beschloss, mein Fahrrad morgen nach oben zu holen und wieder herzurichten.

Robert hatte neue Mäntel und Schläuche besorgt, meine Mutter polierte die Felgen und Speichen, ich brachte den Rahmen wieder auf Hochglanz. Trotz unserer Mühen war ihm anzusehen, dass es nicht neu war, aber es war ein Stück Kindheit und wir drei standen wie Vater, Mutter und Kind daneben. Jetzt hätte ich gerne noch eine Sonne in die rechte Ecke auf der Wand im Flur gemalt.

Ich fürchtete den letzten, unausweichlichen Tag. Mit meinem kleinen Rollkoffer stand ich im Flur, wartete auf meine Mutter, die mich zur Bushaltestelle bringen wollte.

Im roten Mantel, mit hochgesteckten Haaren und gespielt würdevollem Gesichtsausdruck schritt sie wie eine Königin die Treppe herunter.

Ich war sprachlos, konnte nur ständig schlucken, und hätte meine Mutter nicht laut gelacht, wäre ich in Tränen ausgebrochen.

»Für besondere Gelegenheiten«, sagte sie, nahm meinen Kopf in ihre Hände und küsste mich genau auf die Stelle, wo mich vor fünfunddreißig Jahren der Papst geküsst hatte.

Jetzt weinte ich doch, wollte auch gar nicht mehr damit aufhören. Es tat so gut. Wir saßen nebeneinander auf der Treppe und ich heulte in den Weihnachtsmantel hinein, der genauso schön kratzte, wie ihr dunkelblauer Rock, damals im Bus auf der Reise nach Rom. Der ziegelrote Wollstoff saugte auf, was aus mir heraussprudelte und ich hätte mich nicht gewundert, wenn ich vor Leichtigkeit gleich abgehoben wäre wie auf den Bildern von Chagall.

Der Weg zur Haltestelle fiel mir schwer.

Als ich im Bus saß, winkten wir uns heftig zu. Kein Abschiedswinken.

Mit einsetzendem Motorengeräusch fing meine Mutter an, sich zu drehen. Wieder folgte der schwere Wollstoff nur träge ihrer Bewegung, doch als der Bus langsam anrollte, wurde sie schneller. Ich lief zum hinteren Fenster und blieb dort, bis die fliegende Untertasse auf zwei Beinen aus meinem Blickfeld verschwunden war.

TAUCHGANG

Wegen der Einkäufe fürs letzte Abendessen im Jahr, rief ich Jurek von unterwegs an. Ich selbst hatte keine Lust auf Gedränge so kurz vor Schluss.

Jurek schien keine Lust zum Einkaufen zu haben, zumindest entnahm ich das seiner gedrückten Stimme am Telefon.

Wir hatten ein Fondue geplant. Da durfte der Toni-Kater mitfeiern. Was zu klein war für den Spieß, sollte für ihn sein. Ich freute mich auf den Rotgetigerten.

In Berlin verließ ich die U-Bahn am Viktoria-Luise-Platz. Ein Nieselregen machte die Kälte noch unerträglicher. Das Geräusch meines Rollkoffers vertonte die Eile, mit der ich nach Hause kommen wollte.

Wie immer nahm ich die vielen Anschläge an Bäumen, Zäunen und in Schaufenstern ohne großes Interesse wahr. Wohnungssuche, entflogene Wellensittiche, entlaufene Hunde, verlorene Kuscheltiere, Ankündigungen privater Flohmärkte. Gründe gab es ständig und viele.

Die Fußgängerampel an der Martin-Luther-Straße zeigte Rot. Die Katze auf dem in Plastik eingehüllten DinA4 Blatt an der Säule hätte Toni sein können. Bei Grün blieb ich immer noch stehen. *Kater entlaufen, hört auf den Namen Toni. Telefon ...*

Jureks Nummer. Da war nichts mehr, was Hoffnung machen konnte.

Mein Rollkoffer flog über den Asphalt.

»Jurek!!«

Er war nicht da. Auf dem Küchentisch standen eine Flasche Sekt und Soßen fürs Fondue.

Ich rief an, er meldete sich mit Palitsch.

»Was ist passiert?«, schrie ich ins Handy. »Wo ist Toni und wo steckst du?«

»Mensch Lena, ... eigentlich wollte ich mich gleich bei dir melden, aber da war halt immer noch die Möglichkeit, dass er wieder auftaucht. Ich bin sofort los, um ihn zu suchen. Bin auch jetzt hier im Viertel unterwegs. Lena, es tut mir so leid!«

»Seit wann ist er verschwunden und überhaupt, warum!?«

»Seit zwei Tagen. Ich hatte gelüftet, wegen der angebrannten Fischstäbchen. Du weißt, die Fensterbank, er liebt sie ... und dann war er weg. Lena, ich ...«

Warum konnte es mir nicht einmal an einem Stück gutgehen? Einfach gutgehen! Ich warf das Handy zum Sekt und den Soßen. Silvester durfte ausfallen.

Die Schale mit Trockenfutter auf dem Küchenfußboden, ich im Mantel, die Mütze in der Hand. Die
setzte ich wieder auf, steckte das Handy ein und
stellte mich draußen in den Regen.

Kein Gedanke, ob nach rechts oder links, ich lief
einfach los. Jurek hatte mit Papier nicht gespart.
Toni hing überall, selbst in den kleinen Seitenstra-
ßen, die ich eine nach der anderen unermüdlich hinter mir ließ. Nur meine Stimme verlor an Kraft.

In meiner Manteltasche vibrierte es, Jurek mit guten Nachrichten, andere Gedanken wollte ich gar
nicht zulassen.

»Hallo, liebe Lena, gut angekommen?« Feierstimmung in der Stimme meiner Mutter.

»Toni ist weg«, krächzte ich. »Jureks Schuld! Der
Trottel hat das Küchenfenster aufgemacht, schräg-
stellen hätte gereicht!«

»Oh nee … aber sag nicht Trottel, Lena. Da denkt
man in solchen Momenten vielleicht gar nicht dran.
Das hätte doch jedem passieren können.«

»Bringt ihn mir aber nicht zurück!«

Regen klatschte in die stumme Ratlosigkeit.

»Das war doch keine Absicht, Lena. Jurek fühlt
sich bestimmt ganz miserabel, da bin ich mir sicher.«

»Und meine Gefühle? Wer nimmt Rücksicht auf
meine Gefühle!?«

»Die werden nicht dadurch besser, indem du einen Schuldigen dafür suchst.«

»Du klingst wie aus der Lebensberatungsstelle. Ich suche keine psychologische Unterstützung, ich suche meine Katze!«

»Du bist verzweifelt, kann ich verstehen.«

»Wütend, Mama! Ich bin wütend und will's auch bleiben!«

»Keine Frage. Aber hilft es dir? Weißt du, wie wütend ich auf Großmutter war, als mir mit Robert bewusst wurde, was ich alles nicht gelebt habe? Ich hätte sie in Grund und Boden …«

»Da liegt sie doch schon.«

»Lena, was ich dir sagen will … meine Wut hat mich nicht weitergebracht. Hab viel über Großmutter nachgedacht. Was wissen wir denn schon von ihr? Wurde ja nie viel drüber geredet und gefragt hatte auch keiner von uns, war ja verboten. *Leben bedeutet Leiden.* Ihr Leitspruch, du weißt schon. Und mit welcher Sturheit hat sie sich daran gehalten! Warum auch immer. Wir werden es jedenfalls nicht mehr erfahren. Und ich muss zugeben, im Nachhinein tut sie mir leid.«

»Soll mir Jurek jetzt leidtun? Ich tue mir gerade selbst ziemlich leid!«

Mein Mantel tropfte. Ich fror.

»Ich muss nach Hause, Mama. Mir ist kalt.«

»Meine Schuldgefühle dir gegenüber, … weißt du, wie sehr ich mich nach Frieden sehne? Ich möchte aufräumen, Lena. Endlich aufräumen!«

Ich schaute auf die Pfütze, die sich in einer kaputten Stelle im Bürgersteig ansammelte, beobachtete die Regentropfen, die einschlugen und auf der Oberfläche kleine Blasen bildeten.

»Lena?«

»Ja Mama, will ich auch.«

Immer wieder ließ ich heißes Wasser nachlaufen. Mit dem Rücken an der Schräge rutschte ich langsam nach unten, tauchte ab, bis mir die Luft knapp wurde. Das passierte ziemlich schnell. Ich fing an, die Sekunden zu zählen und experimentierte mit der Atmung. Wollte besser werden.

Achtundvierzig.

Zweiundsechzig.

Dreiundsiebzig.

Sechsundsiebzig.

Mein Kopf leerte sich.

Erst als ich meine Hände aus dem Wasser nahm und meine verwelkten Finger betrachtete, kehrte Toni in meine Gedanken zurück.

Wegtauchen würde nicht mehr helfen, also stieg ich aus der Wanne und trocknete mich ab. Im Gegensatz zu den Fingern war der Körper makellos geblieben.

Jurek hatte nicht nur makellose Körper unter seinen Händen.

Jurek hatte Schuld.

Penibel fuhr ich mit dem Handtuch zwischen die ebenfalls schrumpeligen Zehen und fragte mich, warum nur gerade diese Körperteile nach ausgiebigem Baden welkten. Dreißig oder vierzig Jahre später würde allerdings auch der Rest nicht verschont bleiben. Falten. Unerträglich positiv eingestellte Menschen sprechen von Zeugen unseres Lebens.

Welches Leben? Zwanzigzwanzig hatte ich es in den Griff bekommen wollen. Der Zettel hing unverändert am beschlagenen Spiegel.

Noch ein paar Stunden, dann war dieses Jahr abgelaufen. Ich rief Jurek an, quatschte vom Neuanfang, vom Aufbruch, bettelte fast, um ihn zu überreden.

Als wir später nebeneinander in der Küche standen, schnitten wir das Fleisch in besonders große Stücke und fütterten die Spannung im Raum mit Schweigen.

»Ich habe Luftschlangen«, sagte Jurek irgendwann, »soll ich die holen?«

»Meinst du, die helfen?«

»Wäre doch einen Versuch wert.«

»Und Brennspiritus? Hättest du auch davon noch was zuhause?«

Fehlender Brennspiritus als Stimmungsaufheller, das wollten wir uns patentieren lassen.

Wir trugen Girlanden aus Luftschlangen um unsere Hälse, ein Hauch von Südseeflair zum Jahresende. Der Topf mit dem Öl stand auf dem Herd und wir daneben. Verordnete Fröhlichkeit. Die unterdrückte Wut machte es mir schwer mit der Feierstimmung. Es war der Wunsch nach Harmonie, der mich aushalten ließ.

»Lena, ich …«

»Nein, wir reden nicht von Toni!«

»Wollte nur sagen, dass ich froh bin, dass du wieder da bist.« Jurek versenkte drei Spieße im siedenden Öl. Es schäumte. »Deine Wohnung ohne dich fühlte sich verdammt leer an.«

Ich fummelte umständlich Fleisch auf meine Spieße.

»Hab viel nachgedacht, auch über Umschulung.«

»Du hast was?«

»Kindergärtner könnte ich mir vorstellen. Werden gesucht.«

»Fernfahrer werden auch gesucht.«

»Nicht zynisch werden!«

»Ich dachte halt, du suchst was, das gesucht wird.«

»Dann könnte ich auch Physiotherapeut bleiben.«

»Und warum bleibst du dann nicht Physiotherapeut?«

»Wegen dir.«

Ich ahnte, was er meinte.

»Kein Kommentar?«

»Was mit Caro schiefgelaufen ist, soll mit mir besser laufen?«

»Nicht falsch gedacht, nur blöd ausgedrückt.«

»Aber es ist doch gut so, wie es ist. Da waren wir uns doch einig.«

»Das war Freundschaft.«

»Und jetzt?«

»Halt mehr.«

Ich machte Jurek auf sein Fleisch aufmerksam, das zu verbrennen drohte.

»Du warst nicht da, da hab ich erst so richtig gespürt …«

»Dein Fleisch, Jurek!«

Er zog seine Spieße raus, legte sie auf den Teller und schaltete den Herd aus.

»Und was ist jetzt damit?« Ich hielt meine Spieße in die Höhe, die ich noch gar nicht ins heiße Öl gegeben hatte.

»Machen wir morgen Gulasch draus, ich habe keine Lust mehr auf Fondue. Ich wollte einfach, dass du es weißt. *Mehr* heißt ja nicht, dass ich gleich über dich herfallen will, also das Körperliche ist da erst mal sowas von nebensächlich. Mir geht's um dieses Gefühl von Zugehörigkeit, so ne Paargeschichte halt. Verstehst du, was ich meine? Wir lassen uns Zeit, brauchen wir doch beide. Und natürlich muss auch bei dir … also so ein bisschen mehr, als Freundschaft, du weißt schon …«

Ich schob die Flaschen mit den Soßen auf dem Küchentisch hin und her. Vielleicht war ja auch bei mir mehr, nur wusste ich nicht, wie sich das anfühlen musste. Wie war es denn mit Leo gewesen? Hatte ich Leo wirklich geliebt? Oder hatte er nur eine Leerstelle ausgefüllt?

Das passiert einfach, da musst du gar nichts tun. Fionas Worte.

Jurek saß auf seinem Stuhl, sagte nichts, ich hörte in mich hinein. Mit Jurek war es der nicht vorhandene Druck gewesen, der mir die Sicherheit gegeben hatte, keinen Erwartungen gerecht werden zu müssen. Ich hatte nie über immer wieder neue Distanzmanöver nachdenken müssen. Und jetzt? Setzte er mich unter Druck?

Inzwischen war es Jurek, der die Fonduesoßen auf dem Tisch hin- und herschob. Ich legte meine Hand auf seine, stoppte das Herumgeschiebe und schaute ihn an.

»Du bist etwas Besonderes, Jurek. Das spüre ich und vielleicht ist das ja schon *mehr.*«

»Du meinst, es macht Sinn mit der Umschulung?«

»Wir sollten einfach drauf anstoßen!« Ich holte den Sekt aus dem Kühlschrank. Zum Jahreswechsel fehlten noch eine Stunde und zwanzig Minuten.

Jurek ließ den Korken knallen und ich beschloss gar nichts zu tun und es einfach passieren zu lassen.

OXYTOCIN

Jurek sprach von Nachhaltigkeit, und ob es sich nicht anbieten würde, die Schmutzwäsche zusammenzuwerfen und nur eine Maschine laufen zu lassen. Da war das Jahr noch keine sechs Tage alt und meinerseits bisher ohne jegliche Erwartung.

Die Gelassenheit, mit der ich Fionas Überzeugung gefolgt war, kam mir in dem Moment abhanden, als ich von meinem Laptop aufblickte und Jurek anschaute.

Er trug den grünen Wollschal, mit dem Toni so gerne gespielt hatte, mit seinen kleinen Pfoten danach schlug, sich darin verhedderte und bei den mühsamen Befreiungsversuchen schließlich ganz im verfilzten Grün verschwand.

»Hallo Lena … was meinst du?« Jurek wedelte mit der Hand vor meinem Gesicht.

»Zieh bitte den Schal aus«, sagte ich mit gedämpfter Stimme, aber in unmissverständlichem Tonfall.

»Was ist denn jetzt los?«

»Zieh ihn einfach aus und bringe ihn in deine Wohnung. Hier möchte ich ihn jedenfalls nie mehr sehen!«

Das hatte Jurek sofort verstanden, kam dann etwas später ohne Schal, aber mit einer Tüte Schmutzwäsche zurück.

»Ich dachte bei dem Vorschlag an deine Maschine«, blaffte ich, noch ganz in Gedanken an den Rotgetigerten.

Letztendlich aber drehte sich unsere Wäsche dann doch in meiner. Jurek übernahm im Tausch das Einkaufen. Noch immer blieb ich viel zu häufig vor dem Katzenfutter stehen, und dann war der Tag für mich gelaufen.

Als ich genug von Tiefkühlkost und Griesbrei mit Dosenfrüchten hatte, setzten wir uns jeden Sonntagabend kurz vor dem Tatort zusammen und erarbeiteten einen Essensplan für die kommende Woche. Jurek rechtfertigte seine eintönige Menüfolge mit der notwendigen Zeitersparnis. Mitte Januar hatte er mit der Umschulung angefangen. Zur Physiopraxis ging er weiterhin, wollte aufs Geld nicht verzichten, seine Unabhängigkeit behalten. Also übernahm ich die Kocherei komplett, auch an den Wochenenden. Die verbrachte er nicht selten in seiner Wohnung mit Lernen, da gebe es weniger Ablenkung. Ich hingegen hätte gerne hin und wieder etwas Ablenkung gehabt. Doch Jurek nahm das mit der gemeinsamen Zukunft weiterhin sehr ernst, aber ich fragte mich manchmal, ob es unter diesen Umständen noch eine geben würde.

Er bemerkte meine Unzufriedenheit, was mich schon ein klein wenig zufriedenstellte. Und damit ich noch zufriedener wurde, machte Jurek den Vorschlag eines freien Sonntags.

Wir schliefen lang, trafen uns zu einem ausgedehnten Frühstück in meiner Wohnung und Jurek redete gerne und unermüdlich über Pädagogik und Entwicklungspsychologie. Ich hörte zu, ohne mich zu langweilen, erfuhr so vieles, was ich als Kind nicht erfahren hatte. Urvertrauen war sein Lieblingsthema.

»Wenn nicht schon bei Babys der Grundstein gelegt wird, ist der Zug so gut wie abgefahren.«

»Da ist meiner Mutter nicht viel Zeit zum Grundsteinlegen geblieben«, sagte ich. »Und das, was da war, hat meine Großmutter erfolgreich wieder kleingeklopft. Die ersten Wochen hat meine Mutter mich zu sich ins Bett genommen. Das hat sie wohl total genossen, und wenn ich auch nur einen Mucks gemacht habe, hat sie mich gestillt. Meine Großmutter war fürs Schreienlassen. Das muss ich dann wohl auch reichlich getan haben, sobald meine Mutter wieder ins Büro musste. Von der Witwenrente allein könne sie uns Blagen nicht durchbringen, soll meine Großmutter gesagt haben. *Blagen!*

»Beste Voraussetzung, dass sich das Oxytocin wieder abbaut.« Jurek liebte es, mit Fremdworten Lernfortschritte zu demonstrieren.

»Und was ist das?«

»Ein Kuschelhormon. Fördert die Bindungsfähigkeit.«

AGAVENGRÜN

Wie Särge in einem Bestattungsunternehmen standen die dunklen, schweren Wohnzimmermöbel vor dem Haus in der Frühjahrssonne. Drinnen die zurückgelassenen Abdrücke im Teppichboden und die über Jahre ausgetretenen Pfade von der Tür zum Fenster, vom Fenster zum Sofa, vom Sofa zum Wandschrank und vom Wandschrank zur Tür machten aus ihm eine Landkarte.

Aufgerollt schleppten ihn meine Mutter und ich in den Keller und wir ließen ihn einfach dort fallen, wo der Platz es zuließ.

Robert wollte Laminat verlegen, sobald die Farbe an den Wänden getrocknet war. Eine unbändige Aufbruchstimmung setzte Energien frei, die auch nach Sonnenuntergang nicht nachlassen wollten. Jurek kam am Wochenende, worüber ich mich mehr freute, als ich mir je zugetraut hätte. Er umarmte mich, und seinen flüchtigen Kuss auf die Wange glaubte ich noch während der nächsten beiden Tage zu spüren.

Ich genoss die gemeinsamen Abendessen, die erst ein Ende fanden, wenn uns die Augen zufielen. Wie Familie fühlte sich das an. Ich schaute kurz in die

Ecke, aber da gab es den Gekreuzigten nicht mehr, bei dem ich mich beinahe bedankt hätte.

Beim Frühstück meinte Jurek, dass die Möbel bleiben sollten, wo sie waren. Das meinten wir alle, nur auf Dauer nicht im Vorgarten, und so blieb das agavengrüne Wohnzimmer leer.

Mit nackten Füßen tanzte meine Mutter über den neuverlegten Boden, drehte sich, dass Rock und Haare flogen, schien atemlos, aber nicht bereit, aufhören zu wollen. Ich lehnte mit verschränkten Armen im Türrahmen, schaute zu und hatte große Lust, mir ebenfalls die Schuhe auszuziehen. Aber das war ihr Moment, allein ihrer.

»Wird Robert hier einziehen?«, rief ich ihr nach einer Weile zu.

»Vielleicht. Ich hätte nichts dagegen.«

»Hast du ihn gefragt?«

Sie schüttelte den Kopf, breitete die Arme aus und wirbelte, immer an der Wand entlang, auf mich zu. Glücklich erschöpft küsste sie mich auf die Stirn.

»Ich muss nicht fragen. Das Leben bewegt sich gerade wie von allein auf mich zu.«

Und meins? Dass ich mich um die Wäsche kümmerte und Jurek die Einkäufe erledigte, ich das Kochen komplett übernommen hatte und wir die Sonntage miteinander verbrachten, konnte man da von Bewegung sprechen?

Der Toni-Kater, der hatte was bewegt. Er fehlte mir noch immer.

»Was passiert jetzt mit den Möbeln vor dem Haus?« Jurek tauchte neben mir auf, schaute ins leere Wohnzimmer, nickte anerkennend und legte seinen Arm um meine Schulter. Ein schweißnasser Arm, der sich wärmer anfühlte als siebenunddreißig Grad.

Jurek würde mir fehlen, wenn er nicht mehr da wäre! Ich fuhr ihm durch die verschwitzten Haare. Er lächelte und schaute mich immer noch an, als meine Mutter auf seine Frage reagierte.

»Ich dachte, die stellen wir in Großmutters Zimmer. Ich bringe es nicht übers Herz, sie komplett rauszuwerfen.«

»Sprichst du jetzt von den Möbeln oder von Großmutter?«

Meine Mutter lachte. „Von Großmutter.«

Jurek und ich fuhren gemeinsam mit dem Zug nach Berlin zurück.

Fast sehnsüchtig schaute er aus dem Fenster. »War für mich wie ein Kurzurlaub!«

»Wir haben doch nur gearbeitet! Urlaub stelle ich mir anders vor.«

»Ich hab mich wohlgefühlt, das ist für mich schon Urlaub.«

Mir hatte er fast leidgetan, als er seine Hilfe angeboten hatte. Die Doppelbelastung der Ausbildung zum Erzieher und die Arbeit in der Physiopraxis war hart. Die freien Sonntage reichten kaum zum Auftanken.

Jurek saß mir schräg gegenüber in entgegengesetzter Fahrtrichtung und schaute weiterhin nach draußen.

»Ich fand das richtig schön in Hüttach!«, sagte er und dann schlief er ein.

Ich beobachtete ihn mit der Freiheit unentdeckt zu bleiben, hätte gerne seine störrischen Haare geordnet, obwohl ich genau wusste, dass das unmöglich war. Und dann, ohne nachzudenken, setzte ich mich neben ihn und über die Abstandsregeln hinweg.
Als der Zug am Südkreuz hielt, zögerte ich einen Moment, ihn zu wecken. Ich wäre gerne weitergefahren, hätte bis nach Sibirien an seiner Schulter lehnen mögen.

»Bis morgen.« Jurek war auf dem Weg nach oben, die Hand auf dem Geländer. Ich hielt sie fest, bevor ich sie nicht mehr erreichen konnte. Dann zog ich ihn am Ärmel in meine Wohnung.

Liebe Leserinnen und Leser,

vorab vielen Dank, dass Sie es bis zur letzten Seite geschafft haben!

Als Selfpublisherin ist es nicht einfach, auf sich aufmerksam zu machen. Ich freue mich über jeden, der sich zum Lesen meines Buches entschlossen hat, und noch mehr freue ich mich über Kritik – in welche Richtung auch immer. Das geht mit Rezensionen bei LovelyBooks, Amazon, BoD oder direkt bei mir:

https://mariahellmann.de/

Weitere Kontaktdaten:

https://www.instagram.com/maria1hellmann/?hl=de

https://www.facebook.com/profile.php?id=100015094189296

Ihre Maria Hellmann